太陽行星

上田岳弘——著

陳嫻若——譯

U0006761

目次

〔導讀〕

思考全體人類的說故事者

朱嘉漢

上田岳弘猶如閃亮明星般迅速竄起，無論是獲得新潮新人賞的〈太陽〉，或是獲得三島由紀夫賞的《我的情人》，或入圍多次而終於獲得芥川獎的作品《寧錄》（《ニムロッド》），他的文學世界予人的印象，就像是某種「高度」。所謂的高度，不是令讀者仰望的意思。相反的，即便應該有強大的腦袋，他對於讀者，乃是誠心的邀請。事實上他小說裡的天才、高智慧的人類，讀起來仍有一種卑微感，確切來說，是作為一個生物個體的短暫、孤寂、虛無。

他在這本小說裡展現的「小說鍊金術」（或者說是某種「小說敘事科學？」），是透過敘事，讓讀者與敘事者一起在同樣的高度看著故事人物的移動、想法與關係，而不是讀者與小說人物一樣，傻傻地被敘事者操弄。以俯瞰的視角，猶如以顯微鏡觀察著細菌或微生物的形貌。作者的敘事聲音導引，巧妙地讓我們跟他站在一樣的高度觀看。

這當然不是特殊的敘事觀點，畢竟，儘管語調特殊，這大體上仍是小說的全知觀點與上帝視角。然而仔細閱讀下來，會發現並不是這麼簡單。這個高度，這個視角，本身就已經是小說「已經發生」的事件，且是核心的事件。我們以為只是全知觀點，然而在小說迅速擴張、展開及進行大幅度的時間與空間調度的同時，發現這全知觀點的敘事話語竟收攏在第一人稱。以此觀之，《太陽．行星》這一本末世小說，只有處在末世狀態才能如此言說。末世，不是一切的終結，而是終結的開始。或許說，這兩篇小說要展現的，是終結開始之前的故事。單純的故事總有結束之時，然而上田卻將我們引入一個必須極盡想像力才能企及的、乾淨得過頭的「真正開始」。

在接受「Book Shorts」專訪時，他針對提問者所謂的「第一人稱神視點（「一人稱・神視点」）」做了說明，原來自從他二〇一一年左右寫起小說，便一直思考著要如何超越純文學裡的第一人稱的限制。想要超越第一人稱的限制的理由，乃是因為透過這種方式，他可以思考「當今社會」的課題。更重要的是，他可以透過小說思考「全體人類」。

總而言之，上田岳弘在作品形式技巧上的用心之處，不是單純為了美學層次與創新層次。他的敘事選擇，尤其是敘事人稱安排，是為了他想探討的「全體人類」的問題。或者說，全體人類的未來問題。

關注全體人類的未來，乍聽之下是個抽象的命題。實際上，他的小說（至少本書中）反覆聚焦的，其實是在個體上面。他以龐大的敘事調度，猶如衛星視角從高空迅速捕捉的個體的形貌。

在上田岳弘的小說裡看到的「人物」，不是角色，亦不是肉體或心靈。儘管這些人物都具備一般小說的特質，不過卻在小說家特殊的敘事與視角之下，以人物的「個體性」向讀者乍現。

乍現的方式耐人尋味。翻閱〈太陽〉一篇，會發現上田勾勒角色十分簡潔犀利，雖然可能暫時資訊量過大，但你終會在角色的多次出場後，感到印象深刻。每個人物的出場，他們的身世設定、生存型態、幸福與不幸的比例，皆用精確的語言描述出來。他甚至發明了「古吉拉特指數」來度量幸福度。尤其，人物出場時刻的身心狀態，不論是買春或賣春的當下心理是基於怎樣的需要與命運，或在巴黎治安較差的克里尼昂古門跳蚤市集販賣盜版的 Hello Kitty，以及用自己的精子以「嬰兒工廠」創造無數流落於世界的子嗣，甚至是一群身處菁英學者位置卻各自為了學院裡的規範而進行無實質意義的調查等等，作者邀請著讀者，以俯瞰著地圖，掌握著這些光點的方式，看著光點之間的交集、偶遇，以及相互的影響。

在〈行星〉，以「最終結論」寫給「最強人類」的信裡，迅速定位當代社會的冰冷本質，在個體之中，古典人性的消散，以及呼應前篇〈太陽〉的那種人類大終局，迎向「人的第二形態」的補完計畫。

透過這種方式，我們看見在他的筆下，個體其實就是其限制、短暫，欲望與孤寂。他將人的存在狀態還原回自身。

喜歡大架構的讀者很容易因此入迷，他將可以展開成巨幅作品的格局，壓縮在中短的篇幅裡。某方面而言，他令我聯想到的作家，是考德懷納．史密斯（Cordwainer Smith），他的科幻小說敘事將一種巨大的時間斷裂，建立在當今的人類覆滅的世界裡。不過上田的作品，無論最終或是最完美的人類，所關注的，仍是我們這個時代、這個世界的人們（〈行星〉一篇主要的舞臺，甚至是二〇二〇年的東京奧運）。甚至他還是安排小說戲劇性高潮的高手，無論是〈太陽〉的克里尼昂古門跳蚤市場的眾人匯聚，或〈行星〉的奧運會場的交會點，皆是細心鋪陳、堆高、引爆衝突的完美小說技巧示範。

在〈太陽〉的最後，敘事者交代完了故事，告訴我們：「將所有型態都想透了、經驗過了，通過所有的查核點，終於結束的人生，則是第二形態人類的生命樣貌。人們還沒有經驗過的，只剩下終結。」

但這終結，其實是個開始，無論他預想的未來會不會到來，我們都會在閱讀完畢後，短暫或永久地，以不同的視角思索我們，我們全體人類。

朱嘉漢，一九八三年生。曾就讀法國高等社會科學院社會學博士班。現為臺北藝術大學兼任講師。寫小說與Essays。著有長篇小說《禮物》、《裡面的裡面》，文哲學導讀書《夜讀巴塔耶》等。

太陽

嚴格說起來，太陽並不是在燃燒。

燃燒——這種現象是指伴隨熱能與火焰的激烈氧化，太陽的光芒並不是那種物質與氧氣結合的現象，而是原子核彼此融合造成的。氫原子是最簡單的元素，它的四個質子產生核融合，聚變成氦原子核。這時，原本的氫原子與聚變的氦，在總質量上出現差異，多出來的質量就釋放成能量。在地球人的眼中這是股極大的能量，但終究只是因為日常生活中看不到質量轉換成能量的現象，換句話說就是不習慣。在太陽上，它不過是種稀鬆平常的現象，甚至可以說它能量還不夠。太陽雖然靠著連續的核融合而恆久發光照耀，但是在太陽中，也只能進展到氦原子結合，如果是質量更大的恆星，會進一步聚變成鐵，而保持安定狀態。但是太陽的能量不夠，沒辦法到達那個程度。不過即使是質量比太陽更大的恆星，在從鐵進一步核融合時，也需要更大的能量，這是因為鐵是種相當安定的物質。木炭在燃燒時，會從周邊往中央變成炭灰。但是恆星卻相反，它們會先從中央變成鐵，一面聚變成鐵，一面發出光芒。當質量超過臨界值，它就會承受不了自己的重量，產生崩塌或是爆炸。靠著爆炸的能量，鐵又能繼續核融合成比鐵更重的元素，從鈾聚變成鈽、釔、鋯、碘、氙、銫、鑭、銀、鉑——然後是，金。

經過重重的變化，金才終於產生。但是只有質量超越某個臨界值的恆星才有可能，太陽的話辦不到。

因此……

金子。

金子。

金子。
我想要金子。
從太陽數來第三個行星的居民春日晴臣的這個迫切的需求，太陽是生產不出來的。雖然，這個時候他想要的東西，既是金子，也不是金子。不過再深入一點想的話，可以說根本無所謂。因為在人類的社會，以高價交易金子，只要少量的金子，就能獲得大筆金錢。但是，追根究柢的話，也可以說他既不需要金子也不需要錢。這個時候，對春日晴臣來說，只要眼前這個外送小姐能如願的與他來一砲的話，那根本就不需要錢。在大學裡擔任教授的春日晴臣固定每個月第二、四週的星期五買女人。春日晴臣這一天照常講完課，回到在他任教大學只有專任教授才配給的小房間，收拾好用品，搭上電車到新宿。之後打電話到下課時間認真挑選的保健外送店*1

1 譯注：Delivery Health，日本特種行業中，上門服務半套型的性風俗店。

指定女人。第一個女的已經被訂走了，不過春日晴臣可不會因為這種小事驚慌。他早已設想過這種狀況，準備好了第一候選到第五備選。第一到三名都落空了，第四名總算沒人預約。雖然稍感不滿，不過春日晴臣在新宿的飯店裡開始抖著腳，等待外送小姐到達。雖然人說「男抖窮」，不過靠著年輕時的努力與忍耐開花結果，如今成為大學專任教授的春日晴臣，收入是國內平均所得的一倍以上。不過從準教授升任為教授那時期開始，他的投資狀況不太順利，近期手頭變得很緊，用融資融券進行的股票交易，價值也是逆成長。雖然還不至於為明天的開支發愁，但是春日晴臣是個只要手頭資金下降到一定額度，就會坐立不安的人，所以現在對他來說，實在不是可以放心召妓的時候，不過，他還是召了，遵守這個習慣的意志十分堅定。

敲門聲響起，聲音迴響在空蕩的室內。春日晴臣停止抖腳，站起身打開門，看著站在眼前的女子，心想「好極了」。女子長得比想像更清秀，說得更直接點，也正符合春日晴臣的口味。店家官網上的女子照片，眼睛部分都打上馬賽克，只能從臉部和身體的輪廓來判斷。這下子中大獎了，老子真有眼光。春日晴臣把那女子從上到下仔細的打量一番，撩起自己的性欲後，請對方進屋。房間很小，床邊只有張小邊桌，連張椅子也沒有。女子把掉漆明顯的人造皮皮包放在桌上，瞅著春日晴臣。杏仁型的大眼睛漾著唇邊的笑意，她問：要不要沖個澡？好啊，好啊，一起洗吧。不過，你長得真可愛呢。今天真走運啊。春日晴臣齒縫漏風般連珠砲的說著，然後開始脫衣服。上衣脫下來放在床上，解開皮帶，脫掉西裝褲。按順序脫下白襯衫和T恤，內褲也脫下來後，全身上下只剩襪子。然後光著身子把T恤掛上衣架，外面套上白襯衫。長褲用別的衣架掛好。最後才脫掉襪子。這是他的習慣。轉頭一看，女人已全身赤裸。春日晴臣看到女人的裸體不覺大失所望。與容貌的美豔相比，身材遜色許多，春日晴臣對乳房的大小並不特別在意，倒是對形狀和顏色很講究。穿著衣服時只有這部分看不透。按春日晴臣的判斷，女子的胸圍應該是D罩杯或E罩杯，雖然還年輕但有點下垂，乳頭太黑也讓他減了興致。但是，不計較那麼多啦，畢竟臉蛋長得非常投他所好。春日晴臣重新調整心情，拉起女子的手走進淋浴間。但是，此時春日晴臣又發現了另一個更掃興的事實。當女子公式化的詢問「水夠不夠熱？」「還有沒有其他想洗的地方？」時，他注意到女子的左手腕有塊粉紅色的隆起。拜託喔，春日晴臣想，他最怕割過腕的女人了。上他課的學生當中，偶爾也會發現有同樣傷痕的人，大部分是女性。這是普遍的傾向嗎？還是我從沒注意男人的手腕呢？不管怎麼樣，割腕這種人的存在，讓他感到煩躁，但他沒有興趣探索煩躁出自何處。春日晴臣生起悶氣，粗魯的抱住正靜靜用起泡的肥皂洗胸口的女子，享受胴體肌膚滑溜的觸感，同時觀察著美麗的臉蛋，一面徐徐的將自己的唇貼在女子唇上。女子並沒有抗拒。然而在觀察女子臉蛋的時候，他又發現了另一件掃興的事。搞什麼，整過型啊。摩擦鼻子的觸感，近身才看得出的開眼頭痕跡，再仔細找找，說不定還有更多痕跡。不過不想再被澆冷水的春日晴臣閉上了眼睛，然後緩緩睜開，決定不再觀察下去，單純享受女人的觸感。只不過臉蛋看得順眼，所以才有了些無謂的期待，其實有沒有整過型，胸部有沒有下垂，根本沒差。從整體來考量，這女的已經算是他矇到了。第二和第四個星期五，他都必須興致高昂才行。春日晴臣率先走出淋浴間，用毛巾擦乾身體，坐在床上等女人。

接受一輪服務之後，春日晴臣開始施展本領，射完精之後，春日晴臣開始談判，提出保健外送店禁止的性交要求。當然不是白嫖。他問，多少錢你才願意呢？女人答，不行唷，不只是店裡禁止有金錢往來的性行為，而且它也違法。春日晴臣對這種事當然心知肚明，可是，身經百戰的春日晴臣，自然不會這麼容易就打退堂鼓。他試著開價，話雖如此，也只是一次兩、三千圓的微幅增加，打探她的虛實。依據春日晴臣的經驗，即使面有難色的女子，大約有一半會視金額點頭。這次的女人看起來沒什麼主見，應該沒問題吧。可是，女子一直不肯讓步。春日晴臣對這種形勢感到亢奮，竟然煞不了車，一回神已經開價到十萬圓。這金額已經打破紀錄。一般來說都是出場費再加五千圓左右，再高也不過多兩萬，超過這金額，他便放棄往上追加，當作兩人沒緣。可是這次不一樣，也許受到投資虧本的影響，明明對金錢錙銖必較的人，但是在女人身上胡亂喊價卻感到莫名的暢快。不過，春日晴臣手頭上並沒有十萬圓，銀行戶頭裡雖然有，但是考慮到投資的狀況，很有可能被要求追繳保證金，所以不想動它。唉！春日晴臣嘆了口氣。

錢哪。

錢，

錢，

我需要錢。

一大筆錢。不過就在他反覆思量之中，錯亂的亢奮感漸漸平息，念頭也大轉彎。十萬圓實在太高了，一個是以為開價便能讓她就範的我，一個是目光彷彿看著什麼髒東西、不斷搖頭的美女。最後錢不夠，只好撤回要求。而且離開這個地方回家的話，對我的人生一點影響也沒有。充滿女人與錢交織的色欲，他沉浸在鬆口氣的情緒中。兩人默默的穿上衣服，離開飯店。

那個春日晴臣看上的女子——高橋塔子離開客人後，打了電話回保健外送店。轉暗的櫥窗映出自己的臉，她盯著那張彷如意外的面孔好一會兒，才將它丟到腦後，回到位於斜坡中段的老公寓，平時候傳的房間。高橋塔子在這家店登記的名字是「萌花」，在「萌花」之前她還有過別的名字。直到上個月，她都還是努力準備成為偶像明星的「柳原未央香」。沒逃過春日晴臣眼神的整型痕跡，也是在演藝界出道的準備之一。當然，光是整型未必能成得了偶像，不論在哪個世代，大眾追求的是話題性。尤其是日本對高水準的幸福與不幸容許度的數值——即所謂古吉拉特指數——平均在六五之上，即使在先進國家中都算高，因此必須提供相當標新立異的話題。當經紀公司社長在新宿街頭挖掘剛滿二十歲的高橋塔子時，認為她需要一個有特色的經歷，於是耐著性子想問出她的身家背景。但唯一挖出來的，卻只有她好友的一句話「在富裕的單親家庭，由爸爸一手養大」，於是用「夕陽貧困偶像」的宣傳標語，打造柳原未央香的生平故事，以「超越貧困偶像的衝擊！經歷不為人道的神祕五年後出道！尋找她的母親」的切入點，將十五至二十歲的期間，設定為謎樣的年代，即使電視臺或雜誌採訪時，也要回答「這部分我不想提」。經紀公司以這條線大力宣傳，漫畫雜誌和深夜電視節目決定順著這個話題讓她出道。前者報導柳原未央香的故事，穿插寫真照片，後者則接受由她本人演出重現前半生的VTR，兩邊的攝影都已完成。然而，最後卻遲遲沒有問市。就在臨近出道的某天，幾年前以「貧困偶像」開展活動的女子自殺，寫真報刊和電視臺轉趨低調，因此她的出道也就不了了之。

吃了一次閉門羹，想要再營造聲勢就沒那麼容易了。再加上經紀公司老闆愛田創太有感於二〇一一年三月十一日地震之後，潮流有了改變。把不幸當成賣點已經不像從前那麼簡單了。他以前相信有趣、古怪、極度接近沒人性的玩笑，應該才有賣點，但這個走向成了過去式，他判斷這股潮流完全消失了。如今之計，只能轉念想想該如何退場，花在準備捧人的錢要怎麼回填，和如何讓高橋塔子明白。就算不聽愛田創太支支吾吾的藉口，高橋塔子也聽得懂他的意圖。摸著手腕傷痕的她早就放棄柳原未央香這個名字了。十幾歲時因為好友的死離家出走，從此之後她就靠著取各種名字再丟棄行走江湖。在新宿的酒店與愛田創太認識時，她自稱香織，在之前的店也用別的假名。坦白說，還在家人身邊時，她與好友就常用其他名字互稱，兩人都覺得，丟掉名字的同時，可以把附著在名字上的汙垢一起除掉。這似乎可以讓她們更接近什麼，但也不知道接近的地方自己到底是否喜歡。現在，她甚至已經想不出第一個自取的名字是什麼了。

由於原先的方針，「柳原未央香」靠著公開背負的不幸故弄玄虛，所以也打算不隱藏手腕的割痕，設定為偶像克服自殘癖。確定了這個方針，其實也不用真的割腕，一旦有人質問傷痕，就回答：「就是說啊，她吃了很多苦呢」這種說法應該行得通，二〇一一年三月十一日以前，愛田創太是這麼想的。老實說，如果地震沒有發生，也許勝算極高。這是因為當時的日本，民眾的平均古吉拉特指數只升不減，照當時的趨勢，肯定會超越七十。但是受到大地震的影響，平均古吉拉特指數瞬間暴跌，這種節骨眼上，把偶像的不幸，而且是少女時代遭受虐待的經歷當作賣點來吸引眾人目光，未免太不知好歹。到最後，為了補回花在宣傳柳原未央香上的資金，高橋塔子必須以萌花的名字在保健外送店工作。未公開分享的不幸停留在弱者身上，繼續傷害著他或她。一想到日本的平均古吉拉特指數今後會再止跌回升，只強迫部分的人接受負擔，實在是不合理。

雖然形式上是順著愛田創太的花言巧語點頭同意，但是高橋塔子對愛田創太說過的話一點也不記得，唯一記得的只有他當時的表情。那副表情對她而言有幾分熟稔。瞪大眼睛，撐開鼻孔，似要壓倒人的表情，即使想逃，不論逃到哪兒也一定有相同表情的人在等著。她逃走之後，這種表情看得多了。高橋塔子不知從何時開始，習慣冷眼旁觀自己這副被男人欲望連累的身體和感情。但是有時她也會無來由的湧起強烈的情緒，一改平時的恭順，表現出一概拒絕的態度。像剛才春日晴臣死乞白賴的不斷抬高價錢的時候，她的腦中因為憤怒而燃起熊熊大火，竟對自己價值的高漲不以為意。即使離開了飯店，現在還是氣得肺快要爆炸。高橋塔子厭惡金錢，在她眼中所有金錢存在的目的就是為了使人服從。但這也可能是一種偏見。

大多數的人都想盡可能累積金錢，不過，有人不只累積，還想製造金錢，人們叫他們鍊金術士。古希臘時代，亞里斯多德認為萬物是由火、土、空氣和水四種元素組成的，他某天突然想到，如果把元素分解重新組合的話，能不能生成物質呢？從這個想法開始了鍊金的研究。經過多次試驗，最後鍊出來的並不是金子，而是混合了雜質，光澤暗淡、類似銅的物質。後來，這種技術傳進了伊斯蘭世界，鍊金術開始呈現出魔術性的樣貌，經由戰爭——最密切的交流之一——傳到了西歐。鍊金的過程中，另外發展出各式各樣的成果。蒸餾技術進步後，人類得以精製高純度的酒精，也在無意間發明了火藥，發現了硝酸、硫酸、王水等具有科學效用的溶液。鍊金術士們勤於研究溶液，是為了製造「萬物溶解液」。融化物質，分解成四種元素，以找出生成所有物質的線索。但是，用硫酸融解了物質，並不能分解成四種元素。而且事實上，元素本來就不只四種，如果不進行核融合，就製造不出金子。流傳到西洋的鍊金術因此走進了死胡同。相反的，在東方另一個源流的鍊金術，一般視為一種成仙之道。鍊成長生不老的「仙丹」是東方鍊金術的目的，鍊出金子是在得道成仙之前取得生活費的方式。而西洋鍊金術中，鍊出長生不老的「萬靈藥」（elixir）也是終極目標之一。不過東西方的鍊金術都沒能鍊成金子，當然更別提長生不老藥了。若想利用核融合來製造金子，需要連太陽都不足以供應的極大能量。挑戰極限還是一無所得的話，就只能再摸索其他方法了。比方說，人在距離春日晴臣所屬大學一萬四千公里、非洲大陸中部的東戈．迪翁姆採取的賺錢法，就比鍊金術有效率得多。

東戈．迪翁姆利用繁殖生物來賺取金錢，他生產的是最常見、且能高價賣出的生物，也就是人類。東戈．迪翁姆自己也是同文同種，但是他總是站在不囿於同族意識的觀點，卯足全力的從事這項買賣。東戈在家中六個孩子排行老三，八歲起在當時法國政府一時興起援助興建的學校讀了三年，學業成績一向名列前矛，但是，對他父母來說，學校成績根本一文不值。而且東戈自己也沒當回事。如果東戈．迪翁姆參加了停學一年後實施的ＩＱ測驗，他應該會得到超高的分數。像迪歐曼西．法爾成為特惠生遠渡法國，當上高所得律師的好運，應該也會輪到東戈．迪翁姆頭上。但是，現實是，他和兄弟受到同樣的待遇，在農園裡工作。如果當時繼續留在學校，也許能獲得難以計量的高額金錢，令人遺憾。但是，若著眼於報酬的金額，從結果來說，東戈．迪翁姆可以說相當拚命，因為他有他的鍊金術。他用自己的身體讓女子懷孕，販賣生出的小孩以獲取金錢。靠著這個方法，他的收入是他母國平均所得的十倍以上。

但是，在東戈．迪翁姆的經驗上，這門行當也差不多到了該收攤的時候。因為他警覺到對販賣人口緊盯不放的歐美各國媒體已經知道工廠的存在，一旦他們把它視為議題，不久就會採取行動。東戈．迪翁姆童年時，也因為他們注意到童工問題，而舉發了他工作的農園。每個農場主人對勞工環境的要求不同，而東戈．迪翁姆所在的農園算是比較輕鬆的。平日監視鬆弛，做累了也可以隨時休息，所以每天的生產量時高時低。雖然勞工管理草率，但是如果生產量太低的話，監控也會趨於嚴格。但是，即使如此，過了一個星期又會恢復原先鬆散的體制。只要不惹出事端，不降低產量的話，農場主人一向對小孩十分放任。十歲的東戈．迪翁姆發現了這個門道，便組織孩童，檢查作業量，輪流讓他們休息。所以在東戈．迪翁姆手下的童工可以在農場容許的範圍內，享受到最大程度的自由。某日，英國國營電視臺製作的紀錄片，報導了東戈．迪翁姆家鄉有父母將孩子賣給農場，讓他們在惡劣的環境中工作。西方國家輿論同聲撻伐，東戈．迪翁姆工作的農園也遭到舉發。孩子們失去了工作，家裡也沒有餘力再養活他們。少女們被賣到別的地方，很多人都在毫無自覺下成了妓女，其他的少年，比如說已經十七歲的東戈．迪翁姆則被釋放。獲得自由的少年和賣不掉的少女，要不是自願在農園做白工，就是成為幫派的成員，否則就是餓死，大抵上就是這樣的結局。

東戈．迪翁姆與一起行動的少女都被幫派收留，靠著打雜換取食物勉強餬口。那名雖然年幼，卻無人買走的少女，因為長相醜陋，幫裡的混混也看不上眼，只把她當作跟在東戈・迪翁姆身邊，白白奉送的女人。他們不給她糧食，只能吃東戈・迪翁姆分給她的食物，天生孱弱的少女一天天消瘦，再不想點辦法，她早晚一命歸西。東戈・迪翁姆非常冷靜的這麼想，然後研擬計畫。東戈・迪翁姆考慮了種種冷血黑道懶得追回、價值極低的東西、最好是他們根本沒發現的東西，然後偷了幾枚外國硬幣和兩把槍趁夜逃走。只要醜陋少女不用再做苦工，暫時可以生活就行了。這個醜女對東戈・迪翁姆的存活只是個絆腳石，但是他從沒想過拋下她。東戈・迪翁姆儘管在惡劣的環境中長大，但是頭腦清晰，健康強壯，到了青年期，充滿了提升自我生活的精神，從不厭倦。他選擇了遠離黑幫地盤的新土地，戰略性的融入城裡。最初，他在城裡某個有力人士手下近乎無償的為他跑腿，培養信任，不久後得到了一份可供兩人餬口的工作。這段期間，東戈・迪翁姆與醜少女生下了孩子，兩人帶孩子帶了半年，但少女的健康日益惡化，東戈・迪翁姆為了照顧少女，工作也做不了。他再三考慮後，決定以醜少女為優先，把寶寶出養給想要孩子的婦人。但是，沒過幾天醜少女死了。五年後，東戈・迪翁姆開始做起販賣嬰兒的生意。十八年後媒體開始追蹤調查「嬰兒工廠」的實況。

當媒體提出揭發「嬰兒工廠」的事前調查企畫案時，東戈・迪翁姆工廠的初期產品湯尼・塞吉，正待在巴黎十八區的克里尼昂古門，他本人不知道自己的身世，而且也搜索無門。一無所知的湯尼・塞吉有臆想的權利，自己因為什麼來龍去脈才成為孤兒的呢？湯尼・塞吉從日本漫畫、好萊塢電視劇或小說中得到靈感，對自己想像中的家譜做出種種改編，湯尼・塞吉幼年時代的養父喬治・塞吉在阿弗赫發現湯尼・塞吉時，是個瀰漫著淡淡青紫色空氣的清晨，正當喬治・塞吉在停泊著眾多富豪遊艇的海灣散步時，發現一艘遊艇載沉載浮的卡在隔開海灘與海的水門上，他訝異的走上前時，那艘卡在水門的遊艇因為潮水改變，無聲的朝他漂來。海浪聲中夾雜著微微幼兒的哭聲。等等，那不是幼兒，而是嬰兒啊。他的背脊一陣發麻，還沒來得及細想，就邁開步伐。儘管一把年紀，腰腿不復以往，依然使勁跳上接近的遊艇，循聲尋找出處。在駕駛艙座位上，有個只包了尿布，與自己不同人種的嬰兒。他就是後來的湯尼・塞吉，但這時候還沒有名字。喬治・塞吉一把抱起哭到痙攣的嬰兒，嬰兒驀地停止哭泣，抽吸著鼻子望著他。發現湯尼・塞吉的遊艇，船主是個在倫敦和紐約都有辦公室的證券公司老闆，據喬治・塞吉所知，這個人趁著長假到阿弗赫來，卻牽扯上性犯罪的嫌疑，內容不外乎強暴、姦淫，但是最後未被起訴。然而，為什麼他名下的遊艇會錨鏈斷裂、漂到水門呢？為什麼會留下嬰兒失去蹤影。這些疑問都不得而知。雖然喬治・塞吉也快到需要照護的年紀，但是不知哪來的衝動，他收留了嬰兒作為自己的養子。在周圍無人聞問中，父子兩人平安無事的度過一年又一年。

湯尼．塞吉十歲的時候，喬治．塞吉對他說起遊艇嬰兒的往事。因為他開始出現痴呆的跡象。過去，養父堅決不願對這個聰明過人，與生物學上的父親神似的兒子說這件事。但隨著痴呆惡化，他所說的故事模擬了神話的主題，變得誇大荒謬，說得彷彿湯尼．塞吉是神賜予他的禮物。湯尼．塞吉從養父的話裡篩出事實，開始推測與以往他的想像不同的情節。其中有些假設，甚至與實際發生的事十分接近。湯尼．塞吉十五歲時，喬治．塞吉衰老過世，即使失去了養父的庇護，但擁有遺傳自東戈．迪翁姆的優秀頭腦，只要他有心，應該可以申請到獎學金，甚至晉身知識階級。他從生物學上的父親遺傳到的，並不只是優秀的頭腦，面對眼前的問題，也有謀求簡單解決、即使在大局上無法獲得更多利益也無妨的傾向。這種簡便心態讓東戈．迪翁姆染指販賣嬰兒的勾當，而湯尼．塞吉則在巴黎的一角，賣起凱蒂貓水貨的生意。他們優秀的基因助他們日進斗金，還是很後來的事。

湯尼．塞吉為求得微薄的收入，在巴黎十八區克里尼昂古門的地攤，賣起凱蒂貓的水貨。十九世紀巴黎大改造時，被驅逐的民眾在此安家落戶，從那時起，這裡就是個賣破銅爛鐵的地方，之後漸漸成為聞名的大型跳蚤市場。只要賣得掉，什麼都能賣，人們的這種意志深深在這塊土地上扎根。手上拿著東西站在路邊，硬要推銷給過往行人的大有人在。其中大多數和湯尼．塞吉一樣是黑人，簇擁在站前廣場的地攤中也混入阿拉伯人。仿冒的皮包、手錶、民族服裝和飾品，連賣家也不知用途的五金、煙斗、單只鞋子，只要擺出來，什麼都能賣。湯尼．塞吉賣的凱蒂貓水貨，在商品來說算是上等貨。三麗鷗公司持有的貓咪公仔——凱蒂，在法國人氣很旺。從中國進貨的凱蒂貓商品一直賣得很好，湯尼．塞吉與生意夥伴賺到了生活無虞的大量金錢。當然，在日本當地，凱蒂貓也同樣受歡迎，只不過人群中也有人不喜歡凱蒂貓，像高橋塔子就是其中之一。不只是凱蒂貓，米老鼠、寶可夢、印了各式各樣玩偶的筆記用具，在義務教育期間見過的純真愛情的碎片。這些都讓高橋塔子想起她與朋友曾一起嘲笑愛炫耀公仔商品的同學，也聯想到朋友的自殺。因此，現在只要一看到公仔商品，就充滿想吐的感覺。不只是公仔，高橋塔子從痛苦經驗轉而痛恨的對象多得去了。最嚴重的就是錢。但是，不用說也知道，如果不繼續生錢出來，馬上就會走投無路。只要一沒錢，她就賣自己的身體。如同東戈．迪翁姆賣嬰兒，湯尼．塞吉賣凱蒂貓水貨，賣身是高橋塔子的鍊金術。

春日晴臣則和高橋塔子相反，他對金錢十分著迷。那麼，春日晴臣賣什麼賺錢呢？賣知識，這個說法似乎說得通，但是也不能說得這麼單純。他擁有知識的質和量，與同一單位裡，聘用形態不同的客座教授或兼職講師的平均值相比，都低了一截，但是，他的薪資卻比他們多。從這件事就知道，他並非單純販賣知識。更何況，春日晴臣這個專任教師的職位，還保證聘用到退休為止。並非沒有大學因為營運失敗而開始裁撤教師，但是春日晴臣所屬的大學，報考者多，財務狀況也良好，所以可能性極低。不過，春日晴臣對於一般人不屑一顧的瑣碎事情都惶恐憂心。投資失利應該也是激起他不安的原因之一。雖說外表看起來十分安穩，但是，用十年、二十年的跨距來思考的話又如何呢？到處出現破產的大學。少子化使得入學人口減少，這種情勢也是理所當然，教師人數也會裁減更多。到了那個時候，自己還能留任嗎？不，應該說自己還好意思賴著不走嗎？電車的震動與春日晴臣胸口的鼓動合而為一，他自己審視著即使降臨在自己身上，也無可非議的憂慮，從心底畏懼，試圖藉此無自覺的取代從來沒有產生過的誠意。但是，不知應該高興還是可悲，他日益變得厚顏無恥。他的抑鬱漸漸凝固，連一點點小恐懼都生不出來了。某天，春日晴臣接到一份官方的工作邀約，邀請他參加聯合國組織派遣的調查團，目的地是非洲。不曾寫過任何獲得好評的書或論文的他，絕對不會拒絕這種工作。每當出席學會或什麼會議，自己的立場感覺變得更穩固，才能讓春日晴臣的心舒暢些。

同一時間，高橋塔子也接到國外的工作。這是為了填補柳原未央香宣傳失敗的損失所規劃的工作之一。經紀公司社長愛田創太把原本放在雜誌刊頭的柳原未央香照片，交給某個代理。利用修圖軟體的小技巧，照片中的她有著妖嬈的肢體和凸出的胸部，美得即使連看過本人的愛田創太，一時都難以轉開目光。但是再懊惱下去也沒有用，看這情勢的發展，可以一舉填平損失。帶工作來的仲介是個中日混血的男人，有很多管道與中國的富有階層接觸。這人靠著滿足中國暴發戶的欲望賺錢，過去已幫愛田創太賺取了高額的利益。說得直白點，他就是把愛田創太介紹的女子分配給暴發戶。女子如果拒絕的話，也不會強迫，不過，只要好好抓住金主，就能讓他們捧著大錢上門。光是日本藝人這個頭銜，在某階層相當受用，高橋塔子以柳原未央香身分拍攝、最後卻冷藏的雜誌刊頭照片，等於身分證之類的東西。即使高橋塔子對春日晴臣的舉動，依然怒氣未消，她也想早點脫離現在的狀況。自己也許沒有那個義務，但只要不補回損失的錢，愛田創太應該會無止無休的利用自己。不管如何，她只想早點結束這件事，已經不想再想錢的事。這次的案子大不相同，之前幾乎都在日本或中國的某處密會，但這次是陪同去巴黎工作兼觀光的男士當伴遊。於是，高橋塔子與春日晴臣很巧合的，同時前往巴黎。

高橋塔子與暴發戶約好在戴高樂國際機場的大廳碰面。這兩天她幾乎沒吃什麼像樣的食物，也沒有吃飛機餐。她感覺空腹在隱隱作痛，但像是抗拒似的什麼都沒吃。坐在長椅上，呆望著在機場中徘徊的人們，她心中默默的說，這世界的人都是人渣。電話響了，中國男人單身前來，沒帶隨從。聽他說年輕時到日本留學過，說得一口日語，溝通上完全沒問題。這個暴發戶叫趙義連，是個企業家，在中國有自己的工廠，由於母親的親戚在中國共產黨當官，靠著他的情報和仲介，有效運用資產。最近投資非洲事業導向的基金，但據親戚的說法，政府將配合採取資金補助，這案子十分靠得住。藉著那筆基金，近來計畫在東戈．迪翁姆所住的城鎮，設立紳士鞋的組裝工廠。

春日晴臣的目的地正好也是這塊土地。在高橋塔子所在的巴黎，結束幾小時的轉機後，春日晴臣因長途旅行的疲勞，一上機就沉沉睡去，醒來時已經到了非洲。前往聯合國職員指定碰面的咖啡館，在牆邊找了位子坐下，他便喝著咖啡，一面用 iphone 瀏覽色情網站打發時間。疲勞讓他的性欲更加高漲。

同一時間的高橋塔子，向暴發戶張開身體。因為一到香榭麗舍的四星旅館，那個暴發戶趙義連馬上就要她的身體。高橋塔子在行為之間，一直觀察趙義連的神態。額頭滴下來的汗，連成一氣的眉毛，粗重的鼻息，這個趴在我身上的男人到底在幹麼？

「Dr. Kasuga。」

聽到自己的名字，春日晴臣把 iphone 螢幕關掉，悠哉的摘掉耳機。聯合國組織的調查團召集了美國、英國、法國、印度、丹麥和日本的專家。美國和法國各來了兩名，等到八名專業人士全體到齊時，距離約定時間已經過了三十分鐘。如果用測量頭腦水準的尺度之一——ＩＱ來比較的話，這次的八個人，除了一個人外，其他與嬰兒工廠前廠主東戈．迪翁姆都有天壤之別。只有從丹麥來參加的湯馬斯．法蘭克林，ＩＱ超過兩百，其餘的都在一百到一百四十，大概是平凡到中上等的水準。如果他們的生育環境與東戈．迪翁姆一樣的話，恐怕早早就從人世中退場，即使存活下來，也不可能期望得到東戈．迪翁姆那樣的所得和生活吧。而這些人組成的調查團，要調查的就是「嬰兒工廠」的實態。關於這件事，聯合國組織視為重大人權侵害，但是若給東戈．迪翁姆聽到，肯定會嗤之以鼻。獨自想通許多哲學家或作家們再三思索的問題或苦惱的他，有一個主張，那就是為什麼要給人類特殊待遇呢。人類想要增減其他物種時，就任意改造，或者為所欲為，對人類自己，卻不敢發揮這種放肆狂妄。那麼，「我們自己」又是什麼？如果聚焦在人類這個範疇，那麼人種應該沒有關係吧。只要有餘力，包含我在內的黑人，也可以列入「我們自己」的範圍中。然而，如果沒有餘力的話呢？「我們自己」的範圍會越縮越窄，設限成自己的人種、自己的國家、自己的家庭和自己，不是嗎？平常拚命劃出這種區別，不就是為了配合狀況，將「我們自己」之外的人擋在牆外，與之切割嗎？將人類視為特別，不就是連結到特權化，取捨篩選嗎？如果這是大多數人類的秉性，那我就把它執行到極致，除了自己，都是外人。管他是人類也好，動物也好，植物也好，都沒有關係，除了自己，都是外人。我堅決只看重自己，然後把這特別的基因大量散播到世界。這是響亮的宣傳標語，也是面對切割到底概念的抗爭。而且，不管別人怎麼說，有些生命都必須像我如此思考，採取這種行動才會誕生。我不知道那個生命會面臨什麼樣的曲折人生，他或她即使不被遠方接納為「我們自己」也沒關係，不管受到什麼樣的歧視，什麼樣的虐待，也許有人能成功克服，也許他們能成就偉大的事業。即使在他或她那一代無法達成，但還有他們的孩子、孫子。我會源源不絕的送出去。

事實上，東戈・迪翁姆的第九代子孫，田山米樹爾賺取了莫大的金錢，但此時，當然沒有人知道這件事。沒多久，載著春日晴臣等調查團的吉普車，駛抵其中一個嬰兒工廠，但遺憾的是，嗅覺敏銳的廠主已經完成交易，決定先躲起來等鋒頭過了再說。至於最精明的廠主東戈・迪翁姆，已經到了清理財產的最後階段。聯合國組織的調查看似會不了了之。

這一天，東戈・迪翁姆的兒子湯尼・塞吉同樣在巴黎郊區的克里尼昂古門，賣凱蒂貓的水貨。經過他前面的趙義連指著店裡並排的玩偶、T恤和毛毯說：「這些是我工廠做的。」試圖吸引高橋塔子的青睞。整型手術之前就十分貌美的高橋塔子，男人看到她便無法視而不見。他們接近高橋塔子，有些只是單純想與美女來一砲，有些是為了利用她的美麗。當然，美麗也能換成錢。

調查團中唯一的女士嘉蓮．卡森也是位美女。其實，她的容貌水準與高橋塔子不相上下。雖說嘉蓮．卡森並沒有用美貌直接換成金錢，但是美貌對她今日的地位，應該也貢獻了不少。在驅車前進之間，嘉蓮．卡森注意到春日晴臣的視線一直盯著自己的大腿附近，雖然不愉快，但沒有太放在心上。因為她早就習慣自己的美，以及別人連帶反應的行為，所以，她已經習得將他人視線置於意識之外的訣竅。自非洲進入陸路之後，嘉蓮．卡森就假裝熟睡，戴起耳機反覆聽著COLDPLAY的「PARADISE」。

在當地嚮導的指引下，調查團最先到達東戈．迪翁姆經營的嬰兒工廠地址，但是用單薄夾板搭建的寒酸建築，看起來就像長年棄置的廢墟。室內昏暗，毫無考慮到採光。南側的牆面有窗框，但是大多沒有玻璃，而是用木板釘死。唯獨一扇沒遮蔽的小窗，射進一絲陽光。一片碎布像個垂頭的人，蜷曲在地板中央。那兒還留下一點點東戈．迪翁姆放置沙發和其他家具的痕跡，不過原來的用品，甚至一片玻璃都已經賣掉了。

嘉蓮・卡森從事前得到的消息，想像著這個屋子裡發生過的暴行。被拐騙來的孕婦，或是當場受孕的女子，嬰兒們的哭聲。屋子有隔間嗎？還是像豬舍一樣，大家一起擠沙丁魚呢？從目前空蕩的房間裡捕捉不到一點訊息。即使如此，嘉蓮・卡森還是試圖想像曾經待在這的母子們。幽暗室內，在微光照射下閃閃發亮的眼睛，年幼的少女們抱著橫豎會被搶走的孩子，好可憐，她想，任何人應該都不想遇到這種事。貧困、沒有多餘的精力想像別人的感受，連身為人類應該擁有的最低限度的保護都沒有。只是，眼前的景象出乎預料，無法提供任何線索，嘉蓮・卡森的情緒沒有維持太久，不知不覺她想到了丈夫。她一直瞞著丈夫在吃避孕藥，直到不久前，還一直用今後的事業當作藉口，連自己都如此相信。但是現在她察覺到並非如此。我必須和那個人分手，若不如此，我就無法活出自己的人生，即使擁有別人欣羨的一切，只要和那個人在一起就不行，我得和他分手。所以現在——「那些嬰兒……」聯合國職員的說話聲讓嘉蓮・卡森回到現實。然後再次從「好可憐」開始，對遭受蹂躪的少女感到深深的同情，這次不再被自己的現況打斷。

客人們徒勞的四處環顧時，當地嚮導正打著呵欠。其實當地嚮導早就知道這家工廠人去樓空，不過還是把調查團帶到這裡。他也知道目前正在運作的嬰兒工廠地點，但是並沒有打算告訴他們。因為對方提出的帶團費用，還不值得招惹當地人的怨恨。其他地方都沒有東戈・迪翁姆的工廠那麼穩當，絕大多數的工廠都是用幫忙墮胎的說法，誆騙意外懷孕的婦女，將她們監禁，或是綁架，強迫他們懷孕。一旦進入調查，肯定就會牽扯到警方。

儘管當地嚮導堅持，他只是拿錢辦事，做完了就走人，但是聯合國職員不肯罷休，要他供出現在還在運作的工廠。當地嚮導繼續裝傻，如果他們問的人是東戈・迪翁姆的話，也許他會回答：「的確還有工廠正在運作」。各位，你們看，這個地球本身不就是如此嗎？不斷將純潔的嬰兒送進這個由你們片面獨斷、各種問題堆積如山的世界。對啊，你們在找的嬰兒工廠，現在也生氣勃勃的運作中，包含你們在內，在這個地球四處橫行的你們，不就是工廠的作業員嗎？如果是東戈·迪翁姆，他也許會這樣說。但聯合國的職員想知道的並不是這件事。他們想找的是，謠傳鎮上有個工廠，把剛出生嬰兒的一部分進行器官交易或迷信儀式的犧牲品的可能性，並不是在找地球。東戈·迪翁姆那些只不過是歪理。

高橋塔子在趙義連的催促下，從東戈·迪翁姆的兒子，湯尼·塞吉的地攤上拿起一只凱蒂貓。那是趙義連縫製工廠批發到巴黎的商品，湯尼·塞吉店裡只進了一部分。趙義連想買個等級高出周圍地攤的上等貨，給這位期間限定的女友。謝謝，高橋塔子嘴上這麼說，但心裡當然不可能感謝。湯尼·塞吉凝視著眼前的高橋塔子，讚嘆的想，真是美啊。這是他第一次對東方人感興趣。別在耳後的柔細長髮，每次一歪頭就瀑瀉而下。太陽的光照在黑黝黝的頭髮上，令人眩目。高橋塔子只瞧了湯尼．塞吉一眼，目光相接時，湯尼．塞吉忍不住凝視著她的眼睛。

湯尼．塞吉對高橋塔子一見鍾情雖然是個人喜好的問題，但是高橋塔子高水準的容貌卻是不爭的事實。再加上如同小刺般留在腦海中的視線、隱含著不屑的嘴角。絕不可小覷愛田創太在演藝圈闖蕩多年的眼力，如果趕上潮流，又有運氣眷顧，他有可能轉眼間就能賺進東戈．迪翁姆販賣嬰兒所賺得的金額。但是，在古吉拉特指數高得異常的先進國家中，以物換金的力學建立在複雜的平衡上。正因如此，擅長抓準時機的愛田創太才會判斷潮流不再，毫不猶豫的轉換方向。

在抓準時機這一點上，東戈．迪翁姆也不遑多讓。早在其他工廠之前，就收起嬰兒工廠，全方位展開行動。東戈．迪翁姆坐上吉普車，前往與不動產掮客約定的地點。他的目的地是一家提供酒與咖啡，和簡單食物的店，老客戶都叫它「指甲尖」，沒有正式的店名。吉普車揚塵停了下來，推開搖擺門走進店裡。對方已經到了。這是第二次洽談，他打算把已撤出完畢的嬰兒工廠等土地，賣給中國政府體系的基金公司。第一次談判時，對方開的價已讓他很滿意，不過看起來還可以再推一把。東戈．迪翁姆隔了一週，在這一天重新提出商議的機會。最後，成功把價格哄抬到最早開價的一．七倍，而且要求他們以美金而非當地貨幣支付。談判力非同小可。

同一時間，試圖直闖販賣人口巢穴的聯合國職員，其談判力就只能說差強人意了。調查團的博士現下被當地嚮導牽著鼻子走，對方要求已付的金額只夠帶一個點，若想到其他工廠，每個點都得另外付費。這些養尊處優的聯合國職員，從來沒有討價還價過，他們似乎無法理解，人類大部分的活動都在爭奪金錢。當地嚮導或東戈．迪翁姆的作為完全合理，以少量的勞力換取更多的金錢。談判由當地嚮導獲得壓倒性勝利，聯合國職員照著當地嚮導開出的價碼乖乖給錢，可是，如果告訴對方一開始給的錢，就是到嚮導所知的全部工廠，若是對方否認，便氣勢洶洶的要求他退錢，結果一定截然不同。至少應該在追加付款之前提出條件，請他先帶路走完所有工廠，全額最後再支付。但是，對住在先進國家的聯合國職員來說，當地嚮導要求的金額微不足道，如果把交涉花掉的時間，與承受的壓力放在天平上比較的話，這筆金額其實可以不假思索就點頭同意，不值得放在心上。但是這並不表示金錢的爭奪沒有意義，只是說明了在金錢爭奪中獲勝一方的國民擁有特權。從聯合國職員的態度，也可以指責這種特權是坐享其成的怠慢。但是，這個行為符合效益，而且聯合國職員也有他們的考量。反倒是補貼了金額之後，又被當地嚮導牽著鼻子走，才是最大的問題。

當地嚮導確實依照約定，帶他們到他所知道的所有工廠。但是，調查團到訪便發現全都只剩空殼。因為嚮導已透過當地的網絡，暗中通報他們趕緊逃走。調查團中的湯馬斯．富蘭克林察覺到苗頭不對，既然無法限制嚮導的行動，而調查團也沒有任何資訊或方法揭發他違規的行徑，湯馬斯．富蘭克林認為不論再怎麼查，都是白忙一場。必須改變策略才行，如果照這樣下去，一份報告都交不上去。大學裡最近換上來的系主任，對於工作內容只講究實質的成績，就算公益性再高也沒用。若是告訴他，跑了這一趟只看到空殼，絕對過不了關。不過，這次的旅程，對湯馬斯．富蘭克林而言過得十分有意義，因為他想到了關於「古吉拉特指數」的構想，這與他未來的職業生涯也有關係。但是，那畢竟只是個人的研究題目，這次調查團的目的卻沒有成果。為了突破困境，湯馬斯．富蘭克林向聯合國職員事先打好招呼，然後對當地嚮導這麼說：能不能介紹一個了解嬰兒工廠詳情的人？他的身分，我們不會追究，也沒興趣了解。希望你介紹一個最熟悉內幕的人。機靈的當地嚮導明白湯馬斯．富蘭克林的真正意圖，談妥價碼後，當地嚮導立刻拿出手機，把東戈．迪翁姆叫出來。

東戈．迪翁姆開著吉普車，談好報酬，接下了這份工作。他指定「指甲尖」作為見面地點，又折返開回來時路。「指甲尖」的店老闆看到東戈．迪翁姆再度上門，也沒有說什麼，只問，還是老樣子？見東戈．迪翁姆點頭，便默默的將兌水的波本酒遞上去。不到三十分鐘。調查團在當地嚮導的率領下，魚貫進入店裡。由聯合國職員領頭，接著是湯馬斯．富蘭克林、嘉蓮．卡森、凱夏普．史賓．卡里、春日晴臣和其他人。東戈．迪翁姆向當地嚮導使了個眼色，移到桌臺。各人圍著他就座。老闆來點單，這三個月因為忙碌壓力胖了三公斤的嘉蓮．卡森點了健怡可樂，飲料送到所有人面前後，湯馬斯．富蘭克林打開話匣子。

湯馬斯．富蘭克林從一連串的互動，看出東戈．迪翁姆就是經營嬰兒工廠的當事人。但是，在這個地方追查也沒什麼用。也許把剛出生的新生兒當作商品，提供器官、作為性變態者的慰藉，又或是作為巫術的獻祭，就是從他開始的，但是，現在處於預備調查階段，乃是尋求改善之道的前哨戰，不是揭發他的時候。湯馬斯．富蘭克林單刀直入的問：「聽說你對嬰兒工廠很了解？」當然他沒問與工廠的關係。調查團的其他成員觀望對話的進行。

「有些部分我了解。」東戈．迪翁姆回答。

「舉例來說，像是哪些？」

「舉例來說，你想知道哪些部分？」

湯馬斯．富蘭克林抱著寫報告的念頭問道：「這個嘛，我們想知道具體的情況。例如，生產的婦女平時都在做些什麼？」

「現在我要說的話，是從一個廠主那兒聽來的。」東戈．迪翁姆把這話當成開場白。雖然他絲毫不相信對方會相信這種開場白，不過，他認為沒問題，不管情勢怎麼變化，他都有把握在被舉發前脫身。「你們沒辦法對我動手啦」，東戈．迪翁姆看著出身優渥的博士們，在心中低語。我對這塊被世界塞滿汙漬的土地瞭若指掌，可以快速行動，逃得遠遠的，你們根本拿我沒辦法。因為我身處在你們最不想看到的環境中心，而且隨時都能從這裡逃脫。東戈．迪翁姆突然有股衝動，想把一切都說出來。但是他知道，把想法說出來，眼前的人只會產生反感，然後就結束了。算了，沒關係，反正總有一天要了結。那將是超越東戈．迪翁姆人生框架，或者借用不久前讀到的伊恩．麥克伊旺的話，那將是超越眼前「肥胖的西洋人」人生框架的決斷。到了那時候，肯定誰也沒發現那是個了結吧。東戈．迪翁姆感到無比痛快。

「我不知道我那朋友經營的嬰兒工廠，跟其他的是不是一樣。」東戈．迪翁姆又說了一個開場白，才繼續往下說：「對啊，半數都是家境不富裕的婦女，只要生產一次就能得到一筆錢，所以用來補貼家計吧。其他的大都是聽到傳聞專程上門的女子，她們從哪裡來，廠方並沒有多問。」

「唔。」湯馬斯．富蘭克林哼了一聲。「補貼家計嗎？報酬大概有多少？」

「聽說行情價大概一百五十美元左右。從你們的眼光來看，也許不過九牛一毛，不過對我們來說可是破天荒的好價錢。」

「原來如此。所以，新生兒馬上就出售嗎？」

「聽說會出售，但是未必馬上賣得掉。」

「賣不掉的話怎麼辦？」

「聽說不會賣不掉，現在這年頭需求比供應大得多。」東戈・迪翁姆一面回答，同時環視著「肥胖西洋人」不悅的表情。湯馬斯・富蘭克林繼續提問。婦女會連續生產嗎？懷孕中怎麼生活？嬰兒生下來到賣出去之間，由母親照顧嗎？這個地區一共有幾家工廠呢？有人掌握嬰兒出售的去處嗎？東戈・迪翁姆若無其事的一一回答。

聽著兩個人的對話，嘉蓮・卡森憤憤的想：「就是他！」這個千篇一律用公式化口吻「聽說」的男人，一定就是當事人。不只是嘉蓮・卡森，在場所有人都有同樣的想法，但是誰也沒說出口。「聽認識的廠主說，不應該有犯罪的想法。」說完，東戈．迪翁姆瞄了一眼博士們眉間的皺紋。正確來說，他認為是機率的問題。新出生的嬰兒未來會幸福的機率，也許跟你們比起來極端的低。但是，因為這樣就否定與生俱來的人生，會不會太偏狹？對，你們的視野意外狹窄，而且傲慢的擅加干涉。「他是這麼認為的。」他說的話已經不可能聽聞而來。但是東戈．迪翁姆不以為意，繼續用帶著口音的英語說下去。給人一種用聽說的口吻，公然述說自己不得已心聲的印象，然而東戈．迪翁姆還有話想告訴眼前「肥胖的西洋人」。不是犯罪等云云，而是它沒有罪。將原本沒有的東西生出來，並不是罪惡。我甘願接受賣嬰的責任，但是賣得掉絕非我的責任。嬰兒受到什麼樣的待遇，是其他人的問題，不是我的。說得更直白點，應該追究的是對現在世界結構有影響力者的資質。換句話說，就是你們。因為，我只負責供應。因為我連名字也沒取就送走他們。但是，這些話東戈．迪翁姆沒有說出口。

嘉蓮．卡森再也不想聽東戈．迪翁姆說話，她把目光從眼前的景象轉開，呼吸變得急促，忍不住摀住胸口。這時受到的心靈創傷，將在未來不時的困擾她。回國之後，她與丈夫分手，和第二任丈夫為不孕而煩惱時，不知為何她總會想起東戈．迪翁姆吃人般的口吻和看透人生的沉靜表情。難道必須將東戈．迪翁姆的見解視為有理嗎？還是把它當成全盤錯誤，直接捨割就行了呢？隨著時間流逝，嘉蓮．卡森越來越不明白了。但是此時與東戈．迪翁姆對峙的狀態下，嘉蓮．卡森把體內爆發的異常，單純歸咎於憤怒。不管什麼樣的理由，都不該容許嬰兒工廠這種東西存在。這是做人應該守護的界線，不應該容忍超越界線的東戈．迪翁姆。

如果將這極致認真的怒火向他發洩的話，東戈．迪翁姆會怎麼回答呢？毫無愧色的乾脆道歉？還是用他擅長的歪理硬掰過去？不管怎麼樣，隨後很快就沒必要考慮是否應該寬容東戈．迪翁姆這個人了。對湯馬斯．富蘭克林的報告大有貢獻之後，東戈．迪翁姆獲得解脫，接過報酬，走出店外，坐上吉普車，放開手煞車，把車迴轉半圈，調整方向前進。然後，開了約五分鐘左右，樹蔭下突然跳出一隻瞪羚，東戈．迪翁姆方向盤一偏，撞上一百五十年樹齡的巨樹，頭部重傷死亡。安全氣囊沒有彈出。跳出的瞪羚對震動周遭的巨響大吃一驚，但無法明白自己跳出樹叢與東戈．迪翁姆的死有因果關係。東戈．迪翁姆如果未被這隻動物嚇到，直接把車開過去輾死牠的話，他就不至於死吧。但是，若是如此，死的就是瞪羚了。到底應該讓誰優先呢？東戈．迪翁姆生前也想過這個問題。不用說，東戈．迪翁姆的古吉拉特指數異常的高。就古吉拉特指數來說，如果大家都維持在五十左右，一般人營生上就能方便愉快。如果降到三十，幾乎與動物無異，而超過一百的話，恐怕是個腦大體小，有著人形的怪物。不過，臨死之前，東戈．迪翁姆卻達到了一百。他在撞上樹幹之前，知道自己下一秒鐘就會死去，死亡前的一剎那，瞬間閃現過去以他優秀的大腦編織出所有思考中最有價值的念頭，他在平等友愛所有生物、為全人類的幸福祈禱下斷氣。接下來的四十五天，誰也沒發現他的屍體，直到偶然經過的「手指尖」老闆戰戰兢兢的走近撞得破爛的吉普車，往內瞧，才發現了已經化成白骨的他。但是老闆也沒認出他就是東戈・迪翁姆。

東戈・迪翁姆許多孩子中的湯尼・塞吉當然不知道父親亡故的事，東戈・迪翁姆死亡時，他滿腦子都是當天見到的美麗東方人高橋塔子。嚴格來說，席捲他內心的情感，與東戈・迪翁姆對一同流浪的醜少女的感覺並不一樣，但是方向卻類似。結束工作回到與同伴合住的克里尼昂古門站前公寓，就寢時他的澎湃心緒依然未能平復，他想像著高橋塔子與趙義連的關係，甚至有些嫉妒。她是從哪裡來的呢？遺傳自父親的優秀頭腦，不用打開 Google Earth，就能進入高精度的世界地圖，她的相貌、淺淡的膚色，肯定是東亞地區。湯尼・塞吉感覺東亞在一個遙遠的地方。不過僅僅一世紀前，不論經由海路還是陸路，前往東亞還是賭上人生的一大事業。但是，現在只要一千美元，半天就可抵達。湯尼．塞吉原本生於中非，襁褓中就千里迢迢航越到歐洲大陸。但是，熟知內情的人現在都已死去，在東戈．迪翁姆過世的很久以前，生物學上的母親也在埃及過世。把湯尼．塞吉帶到法國的證券公司老闆也已不在人世。

在他被命名為湯尼．塞吉之前，還是個無名的新生兒時，他和其他新生兒同樣都掛著牌子，接受管理。這些牌子的形狀仿照水滴落在地面彈起的形狀，只有東戈．迪翁姆才能正確的辨識。當然，東戈．迪翁姆也和生母一樣能辨認新生兒的長相，但是為了定量掌握新生兒的數量和價格，用牌子標識比較方便。剛剛離開母體的新生兒，都是經由命名踏出凡俗人性的第一步。但是，繞了一大圈，人們最後到達的仍是個沒有名字的世界，所以，他想，「由我來為這些新出生的生命命名著實愚昧。」雖然心裡這麼想，但是坐在沙發上望著嬰兒工廠中女子互助發揮功能時，他卻無法斬斷心底湧出的情感。

當古吉拉特指數超過九十時，東戈・迪翁姆正用拉丁字母拼音的桑地語撰寫論文。雖然有點冗長，但是連馬克斯・舍勒*2也寫不來的獨創切入點，對書中被歸類為「人類第二形態」的後世人們來說，極富啟示意義，然而它最後卻未能問世。以非主流語言撰述，而且寫完後就收在地板下的保險庫，沒過多久便著手下一本書《從日語「金」的用法所見特權性固定指稱詞的特性與範例》*3，所以有這種結果也是可想而知。它果然也和古吉拉特指數的高低有關係，因為他並不是故意讓讀者讀不下去，而是試圖提高讀者的門檻，來測試著作的耐久度。IQ與古吉拉特指數之前沒有完全的關連性，但IQ越高的人，古吉拉特指數也有越高的傾向。例如在聯合國組織的調查團內，古吉拉特指數最高的是IQ最高的湯馬斯・富蘭克林。古

2 譯注：Max Scheler，德國哲學家。

3 譯注：固定指稱詞（rigid designators），索爾・阿倫・克里普克（Saul Aaron Kripke）提出的概念，指在所有可以想得到的世界，指稱同一對象所有的名詞。

吉拉特指數次高的人是春日晴臣，但他的ＩＱ並非排名第二。此外，團中性欲最強者就屬春日晴臣，但是這與古吉拉特指數沒有什麼關係。

結束非洲調查的春日晴臣，回程時在前往巴黎轉機的機內廁所裡，想著嘉蓮・卡森一邊自慰了兩次。坐在春日晴臣隔壁的調查團成員，印度籍博士凱沙普・史賓・卡里察覺到他的行為。平常一般人類應該不會察覺，但是凱沙普・史賓・卡里擁有比常人高一萬倍以上的敏銳嗅覺。他每次發現這種他人的無聊祕密時，就對自己的特異能力感到厭惡。一般來說，人類獲得資訊的管道有九成是來自視覺，但是他不一樣。空氣中飄蕩的種種物質刺激著凱沙普・史賓・卡里的鼻腔，源源不絕傳遞無用的訊息給他。氣候的味道、食物的味道，體液的味道。隨情緒起伏而變化的體臭，他都能嗅得到。擅長蒙混可見物體之人很多，但是有辦法蒙混氣味的人並不常見。因此許多人常會毫不隱瞞的對凱沙普・史賓・卡里暴露自己。

「那個人身體好像非常糟。」

「似乎有什麼傷心事。」

「這個人跟那個人剛才一直在一起。」

年幼時代，地方上的人將他視為通神者，六歲時，他向父母告知自己能力的祕密，「我和其他人好像不一樣。」母親看著哭泣的兒子，心想該來的時刻總是要來，便安慰他說，對呀，你擁有與眾不同的力量，但是，那一定是神賜給你的禮物。「不，」凱沙普·史賓·卡里對著母親大喊，「奇怪的是鼻子啊！媽媽，為什麼爸爸和隔壁的姊姊有同樣的味道？」這個不算自白的告發，以一位女子的多種面向、對兒子毫不吝嗇的愛，以及對外遇男人的強悍態度做結。這個事件之後，凱沙普·史賓·卡里的母親三申五令，要他行動時忽略嗅覺，並教授他生活中操控這種非凡過頭能力的方法。

「在某種意義上，過剩——」已不在人世的東戈·迪翁姆在他那本無人讀過、命運如草芥的著作中寫道：「類似欠缺。過度強烈的元素，在一般狀態下不存在的情形，可以解讀為缺乏原有狀態。因此，無法正確理解的人，當然會想轉頭不理。但是，就像欠缺無法輕鬆填平，過剩也同樣不能裝作沒看見。為了穿過沒有名字的世界，前往凝固，就必須正確理解具有過剩能力的人。這一點十分重要。」

以凱沙普．史賓．卡里來說，身邊有能理解他超能力的人，不啻是個幸運。長大後，即使他發現別人口是心非，他也能遵循母親的教導，不作無益的探索。而且，由於他能輕易了解別人的身體狀態和情緒好壞，總是機靈應對，因而頗受女性青睞。下意識習慣為男人排名的嘉蓮．卡森對調查團男士們的評價中，排名第一的果然是他。開始考慮離婚的嘉蓮．卡森近乎本能的尋找新對象，而凱沙普．史賓．卡里合乎她的喜好。而凱沙普．史賓．卡里也從她散發的氣息中，知道她對自己有好感。他的鼻子也嗅聞到嘉蓮．卡森看到春日晴臣時心裡的煩悶，和旅行期間她一直處於生理期。一聞到血的味道，他總是想到母親。在面對人生的分岔點，試圖做出抉擇時，他大多會想，如果是母親會怎麼想。藉由這個方法，他一面感受著只有自己才能得到感知的世界，但同時也能像常人一樣行動。

從克里尼昂古門回到飯店的高橋塔子，突然月經來潮，這是為了準備演藝界出道，強制減重好幾個月的影響。原以為這會讓她的期間限定情人趙義連感到掃興，沒想到他既沒有不悅，也沒有提出奇怪的要求。只是淡淡的說，喔？這樣。反倒是問她，喜不喜歡在克里尼昂古門買的凱蒂貓。高橋塔子雖然回答：「嗯，很喜歡。」但心裡卻因微微湧起對玩偶商品的反感感到厭煩。趙義連並非玩膩了高橋塔子的身體，但是既然做不了那就算了。他追求的並不是性欲的抒發，而是成功人士的典範。趙義連還以為高橋塔子是日本的偶像明星，打從第一次見面，就把高橋塔子目空一切的態度當作藝人出於自尊的超然。他只一味想著如何打動高橋塔子的心，白天帶她去克里尼昂古門也是這個原因，穿過地攤街，走進巷底常設骨董店林立的角落，陸續買下有帕布羅・畢卡索簽名，但真偽難辨的石版畫，和真皮高級沙發等來展現自己的財力，也是為了這一點。最後走進一家畫廊，店主是個穿著剪裁合宜西裝的白人，這裡似乎引起了她的注意。趙義連心中暗自竊喜。

但是，中午在那家畫廊裡，讓高橋塔子愁思百結的，並不是趙義連與畫商殺價的英姿，而是悄悄撫著手腕的傷口，憶起她自殺的好友。自殺的好友因為父母的虐待，瞳孔受傷。她說，若不動手術的話，總有一天會失明。她明明說過不是什麼困難的手術，問題只在於何時進行。然而她為什麼就死了呢？高橋塔子不明白。因為朋友在高橋塔子面前發過誓，她絕對不會自殺。自殺的朋友把受虐的過程鉅細靡遺的告訴高橋塔子，但是她到底了解多少暴行的實情，高橋塔子自己也不知道。這也不意外，高橋塔子腦海裡的不過是她主觀的世界罷了。

「歸根究柢，這根本不是我能決定的事。反正，那個人也一樣。」朋友總是用「那個人」來稱呼父親。「所以，並不是那個人不好。」年紀輕輕便繼承萬貫家產的那個人，一輩子都沒學會如何控制膨脹的自我。因為口袋飽滿，從未承受過家庭外的正常壓力，因而助長了人格的扭曲。只要現實中稍有不如意，他便四處攻擊。小時候發洩在物品上，結了婚之後，妻子成了受氣包，妻子過世，便轉向女兒施暴。這與他基本能力係數太低，年輕時在外界遭到不堪忍受的待遇有關。他體力差，體格孱弱，腦袋不靈活，口舌不伶俐，也不善言詞。這些性格的組合使他不受異性的青睞，成為同性勒索的目標。才剛靠著大把鈔票用不正當的手法進入大學，就在車禍中失去父母。但他沒有才能保住剩餘的財產留給下一代，基本上他父母那代即已開始走下坡。他靠著剩下的錢，用他低劣的德性與反應遲鈍的腦袋，在現實中建構一個只有利於自己的世界。如同乾涸的池塘，他的世界被外部隔絕，只有不斷走向萎縮一途的命運，但是直到消失之前，在現實中它還是有一定的效力，不論它有多扭曲。一再反覆毆打衣服隱藏的部位、謾罵丟下她的母親、強迫性行為，都成為父親給她的身教和疼愛表現之一。朋友總是細膩而客觀的向高橋塔子描述那些行為，甚至還努力訴說其間的可笑性，像是父親性器上附著的陰毛是白毛，追打她跌個踉蹌，滿臉通紅的找一堆藉口，還有那骨碌碌轉個不停、怯懦、盲目不清的眼睛。朋友仔細的述說發生的事，試圖不加任何詮釋的熬過現實。但看著真實的原貌，她也看到了父親心中的顫抖。高橋塔子氣憤填膺，彷彿要代替朋友應該感受的情緒。為什麼比自己柔弱的人能做到這種事？「因為，強大的人什麼都不會吧？」殺了他。「不能殺，那是犯罪。」有些人就是該殺。「但是，那不是你能決定的事吧？」雖然匪夷所思，不過，兩人的對話很多時候是朋友勸諫高橋塔子的模式。高橋塔子曾經因為情緒高昂激動落淚，那是朋友說為了與父親性行為，被規定要先把腿毛剃好，因而向高橋塔子說明步驟和時程的時候。從學校返家，必須在十六時三十分前做完，所以——高橋塔子大聲打斷了她：「為什麼你必須做這種事？」那時的怒火還殘留在高橋塔子心中。那不是我能決定的事呀。聽見她在說。真的嗎？高橋塔子想，真的嗎？撫摸著傷痕的手指停頓下來，高橋塔子挑戰似的，凝視著眼前的景物，彷彿把眼神轉開就算認輸。

趙義連觀察她的神色，會錯意的以為「對上她的胃口了吧。」在買畫前討價還價的姿態，似乎吸引了她的注意。趙義連問畫商，還有沒有其他庫存？有些畫作太高價，不適合在店裡展示，保管在其他地方，老闆說著，拿來了放進保管箱的清單。趙義連嘩啦嘩啦的翻著清單，暗暗期待高橋塔子把目光轉過來偷看。如畫商所說，清單上的畫作全都價格不斐，最貴的超過二十萬歐元。趙義連雖然對手上的現金量有把握，但是超出顯弄動用的額度。手邊拿得出來的，最多四萬歐元。他不時點頭，或是改變翻閱檔案的速度，裝出審視畫作優劣的模樣，最後目光停留在三萬六千歐元的抽象畫。畫商立刻佩服的說「選得好！」然後口齒伶俐的開始介紹：

這是現在頗受矚目的藝術團體「鈷之具現」一派大膽創新的作品，昨天才剛剛放入清單。我只有兩個月的販售權，要買要快。過了這段期間，恐怕就沒辦法標價了。到底「鈷之具現」這個團體是否真的受到矚目，這個畫商失去販售權，就無法標價是個什麼狀況，趙義連完全沒有概念，但仍一味的點頭說「原來如此」。如果凱沙普．史賓．卡里在現場的話，他應該能聞得出畫商有什麼貓膩，可是趙義連的嗅覺遠遠不及。他轉向高橋塔子，問：「你覺得如何？」「很好。」高橋塔子不假思索的回答。是嘛，我也很喜歡。給我兩天時間，可以給您看實畫，畫商說。是嗎？那麻煩你了。好的，先生。

於是，兩天後的下午，兩人再次造訪克里尼昂古門，這對苦戀高橋塔子的湯尼．塞吉來說是個好消息，但是他無從得知，仍然繼續在網路上搜尋東方女子，對遙不可及的女子魂牽夢縈。湯尼．塞吉思念著高橋塔子，一面點擊著有漢字、韓文、平假名、片假名圍繞的美女照片。過去，東方女子看起來如出一轍，但是現在，美女們各自擁有的魅力令他心蕩神馳。

他的目光停留在一位臺灣女明星身上。那個美女雖與高橋塔子完全不同典型，但是氣質隱約相似。那雙肯定映照出他從未見過的事物的眼睛，微抿著欲言又止的嘴唇。

湯尼．塞吉現在已過世的父親——東戈．迪翁姆與兒子不同，他從未對東方美人有任何興趣。從未踏出非洲一步的他，直接見過的東方人只有春日晴臣一個。在同時代的七十億人中，東戈．迪翁姆擁有最多兒女，但是他並沒有與東方人生子。他對交配沒有興趣，但頻繁考慮過市占率。在下一世代的架構中，自己的DNA豈不可能擁有全球最大的市占率嗎？這個念頭讓東戈．迪翁姆心情大快。但是，在他過世時，存活的兒女數量其實並不多。當然，東戈．迪翁姆也想到了這一點。如果讓他來說，人一生的價值不應該只用長度來度量，不是有過什麼成就，而是有過什麼感受，曾經歷過多強烈的感受，即使感受的是痛苦也行。但是，思索出這一點的他，比誰都討厭痛苦，而且正當他充滿萬能的感受時便斷氣了，連感覺痛的時間都沒有，所以他的觀念只能算是自以為是。

最後一個與東戈・迪翁姆對話的湯馬斯・富蘭克林，與春日晴臣等調查團成員，一同到達回程的轉機地——巴黎機場，坐上機場直達巴士前往歌劇院區。官方準備了芳登廣場附近的五星飯店供他們下榻，一方面也作為現場調查的犒賞。湯馬斯・富蘭克林完成入住手續後，到屋外散步陷入沉思。他想的是可恨的「成果報告」。在系主任調動之前，並沒有外出報告這種制度。但是回想起來，從系主任上任歡迎會時就已出現預兆。冷硬面孔刻著深深皺紋，無一絲柔和的系主任，一開口便宣告：「大學目前深陷困境」，出席會議的教授群，對意料之外無聊的演說，微微感到吃驚，把視線都投向這位來自異國的新任系主任身上。他二十多歲時一邊在經營顧問公司上班，取得ＭＢＡ，離職後利用餘暇取得美術史博士學位，隨後便到美國州立大學任職至今，直覺強的人可能已經從他的經歷察覺到，校方是看重他重組企業的手腕才拔擢到這個位置。在前一份工作裡，他成功的將陷入財政困難的州立大學起死回生，而他所執行的就是徹底的人員裁減。他出手的第一招，是規定教授有報告所有活動的義務，並且訂定各式新的公文格式，使用它報告。這有兩個目的，一是迫使他們心生厭煩，主動提出辭呈求去。另一個目的是見縫插針，像是報告書的記述有沒有不正確，會不會草率，還是根本疏忽了提出的義務。系主任深知嚴格給予虐待狂正當性。一想到這些平常一臉超凡世外的教授們將承受沒有保留、沒有酌情處理、一律按最初向大家公開的規則評價的反烏托邦世界，系主任便難以壓抑心中的狂喜。「這次將依據大學規則特例五條，重新設定終身在職權。各位請從本年度開始進行公平競爭。」「包含我在內，所有抱持高遠志向、在人文科學上鑽研多年的人，尤其不應期待保護傘，有時甚至應該豁出性命，為自己的思想殉命。我們更應追念那些為大眾奉獻生命、錘鍊思想的先人們。」儘管就任酒會上，他已經說得這麼明白了，但是能察覺接下來會發生什麼事的聽眾其實並不多。聰敏的湯馬斯・富蘭克林從當天晚上就寫信或以電子郵件與故交聯絡，以備萬一。他已經盤算好工作地點不拘，只要哪裡有招攬，他都願意去。這麼做對研究領域頻頻變動的他，反而比較方便，而且熟悉新語言對他而言並非難事。話雖如此，在對方給予的條件下全力以赴，是湯馬斯・富蘭克林的作風。只要時機成熟就奔向新天地，但是，他還是想專心在目前的現職上。

邁步走回樹立路易十四世騎馬像的圓形廣場，湯馬斯・富蘭克林的腦中也同時在整合報告書的結構。參加這次調查團前，系主任在要求他提出的「參加目的」上，就設定了檢視達成程度的指標。既然是系主任經手，就會質疑含糊的記述，排除所有的修辭。以這次為例，湯馬斯・富蘭克林最初提出的報告是「參加聯合國組織的調查團，調查特定地區中計畫性產下新生兒，達販賣人口之目的非人道行為」，系主任受理後，首先問他「你的目的就是參加調查團嗎？」他原本以為只要記載得有意義，就沒什麼可挑剔的吧。但是，系主任卻說：「光是參加誰都會啊。你又不是那些學生，身為一個教授，擁有豐富經驗和高遠的見識，請告訴我你參加的意義和目的是什麼。還是說卓越而優秀的你，只要參加就有其價值呢？」讓他不得不重新思考。後來也受到各式各樣雞蛋裡挑骨頭的指謫，最終在下述的認知下，互相承認了這次調查團的參與。「由於本校部分是靠著國民的納稅錢營運，故此次以校內文化人類學家的立場參加聯合國調查團，在此發誓將竭盡心力達成以下事項。一、為『掌握』調查團參加申請書記載之主要目的之『現狀』，應向本系報告具體的調查結果。二、報告書中應舉出三件以上之活動，記載日期、參加者，向本系提出詳細簡潔的紀錄。三、調查中的會議必須留下議事錄，或取得書記紀錄的文件，附於報告書後交給本系。四、會議上必須發言一次。五、根據調查結果的分析，就應對方法提出三項以上的建議，附記於報告書中交予本系。」內容與最初的記述已大相逕庭，不過，這還算是客氣的。有的教授不善察言觀色，為了內容和系主任討價還價的講了半天，結果只得到一句「沒有參加價值」。其實即使是這種狀況，系主任也沒有任意裁斷。只不過許多教授聽到他宣告：「學問的自由必須得到最大的尊重。而且，各位也都清楚，責任伴隨自由而來。」便延後了自己有意研究的調查。系主任看到他們的反應，在心裡不屑的啐道：「這些沒種的傢伙」，但是他對從事無價值業務的人，卻又毫不留情的壓低評鑑，令人束手無策。有虐待狂傾向的他樂於打造一個困難重重的環境，將人逼入不論採取什麼態度都會左支右絀、進退兩難的絕境。

回到巴黎歌劇院後，湯馬斯．富蘭克林腦海中已揮開學校的事，現在正試圖回想與故東戈．迪翁姆之間的對話。不應有罪惡感，傲慢的人是你們——那個嬰兒工廠的人這麼說。同一時間，嘉蓮．卡森也在想著同一個人。世上有那種人絕非好事，至少，我受不了那種人安逸自得的活在世界上。東戈．迪翁姆此時早已不在人世，雖然並不是她的想法造成的，但是當然，她並不知道這件事。與她過去應對的許多事物一樣，她對這次的事件也只是單純化的解讀。這種態度，是押在觀察對象與自己之間沒有直接關連的想法上。但其實，東戈．迪翁姆與她之間，並非完全沒有關係。嘉蓮．卡森與東戈．迪翁姆的血脈後來有了交融，最後生下了賺得人類史上最多金的田山米榭爾。但是，嘉蓮．卡森並不知情，與第二任丈夫死別之後，直到在唯一的兒子看護下過世之前，總是在快忘掉時想起有關東戈．迪翁姆的記憶，並深深為之煩惱，不過她每次都像撢掉蜘蛛網一般用力將它拂拭掉。

第二天早上，嘉蓮．卡森與凱沙普．史賓．卡里、湯馬斯．富蘭克林、春日晴臣等四人在晨間自助餐廳碰面。四人同坐一桌，一同享用飯後水果和咖啡時，有人提議，在傍晚登機之前，要不要到巴黎街頭逛逛呢。那麼，要去哪裡呢？這場討論不知何時變成了三位男士提議、嘉蓮．卡森評斷的走向。嘉蓮．卡森有幫男士排名的毛病，她本來打算採用排行第一的凱沙普．史賓．卡里的意見，但是，他提議的龐畢度中心，她已經去過好幾次了，所以興趣缺缺。她最有興趣的是排行最低的春日晴臣提議的克里尼昂古門，那地方以跳蚤市場聞名，似乎不像嘉蓮．卡森已經去膩的、觀光客取向的美術館或教堂。

四人坐上計程車，在克里尼昂古門車站前下車，立刻有黑人男子和缺了門牙的白人男子上前兜售太陽眼鏡。凱沙普．史賓．卡里立刻後悔自己不經深思的跟來。車站附近有許多地攤，有賣貨的，也有客人，人潮眾多。人種、出身、年齡參差的人們各自發出不同的氣味。凱沙普．史賓．卡里可以感覺到所有氣味都露骨的散發出來。奎勒族人製作的素燒土人偶，阿拉伯人的水煙袋。路易．威登的登機箱，趙義連的凱蒂貓。凱沙普．史賓．卡里的鼻子瘋狂的探索著周遭彌漫的雜亂氣味。他反射性的抗拒它，想盡辦法的干擾嗅覺。但是，他心底的渴望應該正相反：想在這股氣味的洪流中，盡其所能的解放。但是，他真正面對自己的天性，乃是後來的事。

走在凱沙普．史賓．卡里前面的嘉蓮．卡森與他恰成對照，她體會到久違的解放感。這些人怎麼賣的都是些不值錢的東西呢？用了一半的顏料與畫了一半的畫作，髒汙滲入皮革中的沙發、單只鞋子，賣方和買方腦袋都有問題。竟然有這麼多人聚在這裡尋求這些破爛玩意兒。更重要的是，自己也是其中一員。嘉蓮．卡森忍不住噗哧一笑。為什麼那張皮面破了個洞的椅子要賣一千歐元？不論任何事都習慣排名的她也難得舉手投降。她突然覺得自己這種毛病真可笑，不知不覺間，腦海中浮現出丈夫的臉；他那在環境生物學中被譽為世界權威的名聲；她熟識的菁英中最優秀的男士，通曉人情世故，擅於應付女人。但是，「和他在一起生活，我只覺得窒息」。即使她能嚴謹的幫男人排名，也沒有任何意義。

後來確實證明，嚴謹的為人們排行幾乎沒有意義。但是，那是排行手法發展過頭之後的事。在這個時間點下結論，恐怕有點操之過急。首先測定容貌、頭腦、體格三個基礎參數，如果出現圖表相符的人，就進一步使用更細的參數，這是排名時最正統的做法。三個基礎參數都符合的人，一世紀只會出現一、兩組，在信仰、才華、情緒等因子論建立體系之前，長久以來一直認為這個手法相當有效率。相比之下，嘉蓮．卡森加入大量恣意的排名，只能說是粗糙。但是此時，該手法尚未實用化，所以責怪她也太苛刻了。

嘉蓮．卡森因為逛地攤意外的樂趣而興致高昂，本來的目的是去常設的骨董店街，參觀真正的骨董。頭頂上的太陽——那田山米榭爾大鍊金材料的太陽，像是看穿她的心思般高掛著散發光芒。而她打算去的骨董店街上，趙義連正決定買下在此寄賣的繪畫作品〈鈷的具現〉。在白人店主殷勤送別下走回地攤街的方向時，趙義連開始炫耀的說起他在國家地理頻道上看過的裱畫工藝師，他打算再次回去賣凱蒂商品的地點去看看。這時，高橋塔子與嘉蓮‧卡森的距離不到一公里，這兩個人可說是正統排行手法中極罕見的組合。也就是說，高橋塔子與嘉蓮‧卡森這兩人的基礎參數完全相同，兩人碰巧在同一時間點，猛地仰頭一看。在上空照耀的當然是太陽——能量不足以生成金子的太陽。

東戈‧迪翁姆那本誰也無緣看到的著作中，有一節記述鍊金術，內容總結了對「肥胖西洋人」之一——某美國博士論「姓名」的著作的批判。

「鍊金術欲達成的兩個目的——實現長生不老與鍊出金子，不就是人類最終極的目的嗎？」

雖然這段文字並不是認真的質問，而是反諷，但是東戈‧迪翁姆乃是嘗試大鍊金的田山米榭爾的祖先，他寫了這樣一段話，著實耐人尋味。當人類實現長生不老，到達東戈‧迪翁姆在著作中歸類為「人類的第二形態」的階段時，會比在「人類第一形態」時，擁有性質相當不同的時間感。對於能將過去到未來的時間翻倒，盡皆掌握於股掌間的人而言，沒有必要區分過去發生的事、現下的事和未來某天發生的事。他們甚至認為按照發生的順序改變處理事物的方式，根本毫無意義。

除了走樣的時間感，在可以自由變更參數和因子的第二形態，很難利用描述的系統單位對個人做固定的指稱。這是因為即使對特定的某人有許多詳細的描述，但是卻分不清他與其他可能取代的別人。舉例來說，我們就來談談東戈．迪翁姆好了。東戈．迪翁姆是個男性。東戈．迪翁姆的身高一八三．五公分。東戈．迪翁姆頭腦清晰。東戈．迪翁姆具有持久力，但缺乏爆發力。東戈．迪翁姆右臉頰有顆很大的痣。東戈．迪翁姆是嬰兒工廠的前場主。在第一形態中似乎緊貼在東戈．迪翁姆身上的這些元素，到了第二形態卻可以隨意更換。東戈．迪翁姆既是男也是女，體型高矮胖瘦都可，頭腦和身體既敏銳又遲鈍，全身上下都有痣，或者完全沒有。既然任何人都可以套上對東戈．迪翁姆所做的這些描述的系統單位，被同義反覆指定的東戈．迪翁姆的固有性，只要不特別將姓名作為一個命題的話，他就陷入被消滅的危機。假設用物理學來表現這種狀態，是在比原子更小的細分化層次看東戈．迪翁姆，雖然可以把他當作微粒和運動能量構成的海水濃度之類的物質來掌握，但是當無法精確的指定哪部分是東戈．迪翁姆，哪部分不是，再加上被規定它會無限的變薄，變成什麼樣的配置，和反覆同樣的結構模式時，換言之我們真的能夠固定指稱東戈．迪翁姆嗎？

東戈．迪翁姆那本永不見天日的著作中，有一段與此相關的敘述：

「從兩個相反的思考體系伸出手時，有個雙方都搆不到的縫隙，如果想要接近它的話，最重要的是不斷玩味兩個並立的項目。這樣一來，才能伸手觸及到一開始有過什麼。過程與結果、存在與認知、目的與手段等，所有並立的兩個項目，早已不須區分，也不須互相消除，維持在調和的狀態。這個過程中當然必須經過調解。」

如果要把鍊金術的兩個目的兜起來一起討論的話，人類的第二形態既然實現了長生不老，讓田山米榭爾以穩當的小鍊金形式，持續生產金子的話，也許就可以常保調和的狀態，不用區分長生不老與金子哪個是目的，哪個是手段了。但是，現實是，在實現了長生不老之後，輿論導致田山米榭爾以大鍊金為志業，因而人類走向了末路。依循東戈．迪翁姆的前後文關係，大膽攪和一下的話，不也可以說「人類是一種把長生不老當成手段，把生產金子當成最終目的的生物」嗎？雖然這是極其荒誕的謬論，但是沒有人可以反駁。田山米榭爾成功的造就出史上最大規模、自古代哲學家的靈感而開始的鍊金術，但是沒有人給他掌聲。因為鍊成大量金子的過程中產生的熱量，將地球上的生命悉數燃燒殆盡。

原本以為太陽的能量不足以製造金子，但人類在長遠歷史的盡頭，顛覆了自然法則，鍊出了奇蹟般大量的黃金。但是，人們視為奇蹟的物質，經過一段時間，卻發現只是單純的物理現象而變得普遍，這種事例所在多有。舉例來說，白天太陽從空中消失，叫做日蝕，在第一形態的初期，人們將它視為奇蹟。但是到了第一形態末期，世人已經知道那只是衛星、行星以及位於中心的太陽軌道所呈現的必然現象。是否將大鍊金產生的金塊視為奇蹟，也許在人類第二形態之後，也因時代的變遷而有所改變。

暫且不管是奇蹟還是必然，都可以體會到罕見現象的珍貴。但是遺憾的是，不合時宜發生的現象，還是在無人知曉的狀態下無疾而終。例如，嘉蓮・卡森與高橋塔子在克里尼昂古門引發的事件，儘管發生在眾目睽睽的場所，但是由於受體的人們觀察力不足，所以沒有人察覺到它的稀有性。容貌、頭腦、肉體三個基礎參數完全相同——一世紀僅會出現一、兩組組合的兩人，現在的距離不到一公尺。嘉蓮・卡森在地攤街往骨董店林立的一角前進，高橋塔子從畫廊出來，走向地攤街。春日晴臣走在嘉蓮・卡森的身後，一面盯著她的臀部。在他後面，是不斷用口呼吸，試圖干擾嗅覺的凱沙普．史賓．卡里，湯馬斯．富蘭克林擔心報告的事，與大家拉開距離。

趙義連出現在這些博士的前方，他舉起數位相機，用廣角鏡頭拍下放置自家工廠生產的凱蒂貓地攤，是周邊生意最好的店家的景象。高橋塔子與嘉蓮．卡森都被拍進照片中。基礎參數完全相同的兩個人被拍入同一張照片的機率，可以說是天文等級的，說它是奇蹟也不誇張。但是，對還不懂如何用參數判斷個人的人來說，無法體認到它是多麼的稀罕。再加上春日晴臣也小小的出現在照片中。幾天前在東京愛情賓館交易過的外送小姐與嫖客，竟然在遙遠的異國被拍進同一張照片中，這也非常稀罕吧。在地攤賣東西的湯尼．塞吉暗暗驚訝的凝視著這個景象。發生在他眼前的確實是個奇蹟，不過湯尼．塞吉並非為此感動。他驚訝的是原以為再也見不到的美麗東方女子，又再次出現。他忍不住懷疑自己的眼睛，該不是妄想嚴重，化成了具象。

高橋塔子也在看著湯尼·塞吉，也可以說她在凝視。話雖如此，她並非認出了湯尼·塞吉個人，而是在感受到湯尼·塞吉的熱烈視線時，思索著男人的方方面面。高橋塔子離家這五年，幾乎從未在任何人的庇蔭下生活，在她的眼中，男人就像聚集在砂糖上的螞蟻。見到一定程度的貌美女子，男人們就會盲目的蜂擁過來。她雖然無法理解他們的動機，但是偶爾也會心生羨慕。如果自己擁有的東西，對蟻群而言十分甜美的話，她願意都給他們，自己成為蟻群之一。但是，高橋塔子沒有意識到，她還像隻飛蟲般，振翅嗡嗡的飛向光源。深夜在中野區自家公寓割腕時，她有種被遠方探照燈強迫直射的感覺。感受到緊綳的疼痛，注視著淡色血液流出手腕，她思忖著，如果任血液繼續流出來，最後會怎麼樣呢？應該還是會死吧？傷口灼熱，感受到疼痛的搏動。明明接近死亡，但搏動似乎卻越來越強，感覺像是把手伸向陰陽界的另一頭，我和那個自殺的女生不同，對世事充滿了困惑不解。那女生說過，壞掉的東西不可能還原，她說，這個世界的人全都是垃圾，我自己也一樣。她說，即使同是垃圾，我也算是比較好的那種。但是，這些話是真的嗎？她還說過，「我絕對不會死」。凝視著傷口，突然感受到強烈的光線，讓她忍不住想閉上眼睛。她抗拒的睜開眼睛，然後凝神注視時，似乎可以看到既非自殺好友去處，也非舊日的所在，而是兩者之間的一條細線上。

即使基礎參數相同，不過，嘉蓮．卡森一生都沒有像高橋塔子那樣受到熱情的驅使。漫步在克里尼昂古門的此時，她雖然堅定了與丈夫分手的意志，但是情緒仍比懷念自殺好友的高橋塔子弱很多。對嘉蓮．卡森個人而言，這種迫切的情緒波動，只有高橋塔子的十五分之一左右。如果照著東戈．迪翁姆的想法，以感覺的強烈與否來測量人生的價值的話，可以說高橋塔子的人生更有價值。嘉蓮．卡森邊走邊盤算著離婚的計畫。按著什麼順序將此事透露給什麼人？怎麼樣能讓案子順利進行？來回思索間凸顯出自己完全沒有愛過丈夫。她感到丟臉，不禁覺得這關係彷彿從一開始就是精心算計而成。與有點名氣的丈夫結婚，讓既有野心也有才華的她，從此立場更加穩固。她的丈夫費德列克・卡森是生物學家，因為研究成果太有獨特性，學界甚至為他成立新的學術領域。卡森雖具備俯瞰全人類的宏觀視野，但是在處理具體現象進行分析時，卻細密而謹慎。當她還在念書時，就讀過他的名著《鐵與法、座標與溫度》，書中以卓越的觀點描寫人類這種生物獲得特權地位的過程。當時的嘉蓮・卡森應該也曾感佩過，但是，她已經不太記得當時的感覺了。她難以理解，丈夫有過人的頭腦，但是為什麼對她卻只有片面的看法呢。他隨時想掌握嘉蓮・卡森在哪裡做什麼事，對她事業的每一步都想干預，把自己的判斷強加給她。他的舉動彷彿把嘉蓮的人生置於他的宰制之下，說明自己建言的正確性。

他的世界觀，說穿了就是有能力操縱環境的上位者，為了讓事情更完美，有必要介入下位者的生活，而且他認為這是上位者的責任。嘉蓮・卡森重讀他的著作，重新領悟到的只有他令人想吐的強烈自我。仔細閱讀也可看得出，他無法忍受自己以外的人類存在。這個自我中心、具有幼兒般的暴力性、封閉的思想家，就是自己的丈夫。不過離完婚，兩年後與學生時代的朋友再婚，過了一段時間，她比較了一下卡森與第二任丈夫的不同，卡森有著惡魔般冷酷的頭腦，近乎可恨的才氣，離婚前他看起來只像個疑心病重的老頭，但是一旦離開之後，他卻顯得熠熠生光，歸根究柢，嘉蓮・卡森漸漸不了解自己最想要的到底是什麼。臨近人生的尾聲，反而對自己更加沒把握。但即使如此，人生也不能回頭，只能忍耐著渴望，自嘆歹命無緣而死心斷念。

到了田山米榭爾那一代來看，也許難以置信，不過就如同高橋塔子和嘉蓮・卡森擁有相同參數，人生卻截然不同，在第一形態中，人生是一種無為而滾動的東西。不僅不能修正基礎參數，上天也沒有給人類充分的時間測試與生俱來的條件，甚至有人還沒長大就面對死亡。第一形態的人生就是這樣。

在東戈．迪翁姆那本沒人讀過的書中，表現為「可愛的偶然」到底是打算警告人類的未來呢？還是混雜著羨慕的逞強呢。

「徹底排除掉偶然性的過程中，處於人類第二形態的人們遲早有一天會懷念它：那真是終極的奢侈品。他們一定會想起，在所有事物正確配置的世界，生命是一種偶然。人們一定會在永遠的無動於衷裡體會到，終結生命和誕下生命，都應該出自偶然。」

東戈．迪翁姆的九代子孫田山米榭爾活在世上時，也有幾次發起讚美偶然的大型活動。其中甚至有激進的集團，人們稱之為偶然崇拜主義者。偶然崇拜思想似乎很容易在西曆的節日流行。受到這種思想渲染的人，經常使用輪盤之類的東西，來決定要不要繼續維持生命。但是嚴格來說，那種方式不能叫做偶然吧。當時，自殺是種明確的違法行為。在疾病、傷害的救活率達到接近一百%的時候開始，便明確的與「消化死」——消化過去人類歷史中累積的所有情感、思考模式而死亡——做出區別。人死前應該體驗到的模式，會整理成人生的查核點，與合計人口等比例的增加、細分。

偶然崇拜主義者實現賭博式的自殺，被認為是倫理上無法容許行為。但是在這個世界，大半人類都有改變信仰因子的經驗，犯罪的概念也變得多樣化，懲治這些罪惡的刑罰也變得含糊不清，無法發揮功能。另一方面，「對他人不合法的行為置若罔聞」，也是人生的查核點之一，所以事態十分複雜。人們對犯罪的認知也漸漸淡薄。「他人不合法行為」的標準則一直升高。可喜或者說可悲的是，它穩步的為容許田山米樹爾的大鍊金扎下基礎。

過去的田山米樹爾激烈反對這種時代的趨勢，他自願居住在九・二六平方公尺的窄小斗室裡。他的雙手交叉在臉前思考，周圍散置黏著脂肪酸複合物或澱粉粒的聚合物製容器，一轉動身子，手肘就會碰到箱型遙控器，切換的螢幕上，正表演人類史上最偉大的笑話。每次經過人生的查核點，都捨棄了許多禁忌，所以，幾乎沒有人會對這笑話感到好笑了。即使如此，為了保持精神衛生，有時候也必須取得「笑的模型」。田山米榭爾感到煩躁，第一形態的先人們付出了莫大的犧牲，流下無數鮮血，換來的就是這等乏味嗎？當他再也忍受不了、坐立不安時，他就會進入第一形態體驗裝置，模擬體驗過去人類的人生。裝置中的性別、年齡、人種、遭遇等設定，每次都不一樣。這種設定的差別，可以盡情的享受行動結果和伴隨情緒產生戲劇性的變化。田山米榭爾暗自重視的自我和個人風格，在裝置中也都以自然的形態反映出來。

走出裝置，回到現實的世界，田山米榭爾感到更加無可依靠。這種時候，田山米榭爾的頭部會開始神經質的搖晃。他這種透過媒體分享的毛病，在人們眼中充滿了無窮魅力。人們總是津津有味的觀察他如何對解說過千百遍的藝術作品，附上離題的解釋，或是對只不過是模擬體驗的古代人生而流淚。沒多久，田山米榭爾把自己關在九．二六平方公尺的斗室，閉門不出。「這次你又想做什麼？」人們透過媒體向田山米榭爾發問。田山米榭爾卻只是冷淡的噤口不語。即使如此，人們對他的好奇仍然不減，穩定的繼續支持他。不久，田山米榭爾像是憋不住了，他說：「我要製造大量的金子。」「金子？」「對，大量的金子。」人們聽得一頭霧水，紛紛追問細節。田山米榭爾的頭搖得更激烈了。

第二形態的人類對金子也許比較淡泊，但是對第一形態的人們來說，盡可能製造出更多金子，也是一種勤奮的證明。即使是與貧困和生存競爭無關的人們，在選擇配偶或戀愛對象時，一般的觀念也會將價值放在對象持有的金子量上。舉例來說，趙義連的妻子便是如此。她是極端的拜金主義者，趙義連在克里尼昂古門的地攤街想起妻子時，心情陡然一沉。他憑著一時衝動買下三萬六千歐元的抽象畫，這種程度的花費對他來說根本不痛不癢，但是，他太太對藝術相關的高額支出看得很緊。她並不是不知道如果是真品，畫作比金子更有保存價值。但是現實主義者的她，對趙義連的鑑賞眼光十分懷疑。過去，他把從南非展售會上買下的畫帶回家時，吃了一頓排頭。「好，這幅畫一公克多少錢？」趙妻說。「公克？」他不明白為什麼會提到重量。老婆冷酷的逼問購買價格，他謊稱花了十萬美元，事實上是十二萬美元。老婆一聽，先是誇張的嘆了一口氣，吩咐女傭拿來一臺秤，放在他眼前。「好，你給我聽著，這幅畫如果在二公斤以下的話，你打算怎麼辦？那表示你買的這玩意兒每公克比相同重量的金子還貴，你真的以為哪個人隨便把顏料亂塗一通的東西，真的有價值嗎？」趙義連以為妻子是在開玩笑吧，便回答：「這是油畫，所以應該滿重的。」但是妻子的目光令他背脊發寒。他把畫作放到秤上，秤盤因為畫布的重量而左右晃動。八千五百公克，太好了，比金子便宜了。然而妻子還是不甘願的瞪著他，丟下一句：「如果再讓我看到，我就把它撕個粉碎。你把它放在我看不到的地方。」便離開房間了。自從那次之後，趙義連有段時間都沒敢碰藝術品。在克里尼昂古門買下的「鈷之具現」，藝術的價值姑且也有其重量，所以，看起來每公克不會比同量的黃金還要貴了吧。

在人類的第二形態中，田山米榭爾之所以大膽的提議製造大量金子，也許是想向將黃金視為重要價值標準的第一形態時代致敬吧。田山米榭爾對欲知詳情的人解釋，首先需要使用太陽作為材料，而且在過程中，人類會遭火燒死。使用太陽進行那件事的規模是如何宏偉，不但無處可逃，也沒有回頭路。你們知道之後，絕對會認為不該這麼做，但是，我認為一定要挑戰看看。田山米榭爾帶著諷刺的口氣強調。當然，他心底認為不應該幹那件事，但是，在他諷刺和真心的表層下、連他自己都無法掌握之處，又藏著「做做看，好讓所有人體驗一下變化」的念頭。在這個思想和感情都透過腦波共享的時代，人人都無所遁形。想法說不說出口都無所謂，極度發展的媒體使用各種手段，進入每個人的內在，解釋它，然後與其他人共享。私有的觀念早就被捨棄，所有個人的內心思緒當然都成了人類的共享物。對第一形態的人類來說，這或許是個遙遠的理想，但不知應該高興還是難過，人類已經完全克服了阻礙實現這個狀態的所有障礙。

全然接受田山米榭爾思想的人們，迅速討論推動田山米榭爾提案的那件事的可能性。媒體吸取了人們的想法，在歸納出全體意志的短短時間中，田山米榭爾卻發現，理應想對時代趨勢報一箭之仇的自己，反而陷入嚴重的焦慮中。他的腦海浮現全體世人承諾那件事後滅亡的樣子。連他的這種焦慮都被全體意志所諒解，田山米榭爾的頭搖晃得更劇烈了。過了一段時間，如同他的預期，田山米榭爾的提案通過了，企畫被取名為「大鍊金」。如田山米榭爾所說，人類很可能全部滅亡，但是，全體世人認為滅亡就滅亡，無所謂。這就是高古吉拉特指數社會的可怕之處。

但是，提議大鍊金的田山米榭爾本人，卻一直無法下定決心。他開始買醉，在街上徘徊。他走上街頭，貪戀不捨的果然都是第一形態時代的遺物。看電影、賭博、與異性做愛、進入體驗裝置，舔舐般的體驗第一形態的幸福與煩惱時，田山米榭爾自問，雖然提議的人是自己，但是我根本無法接受他們輕易點頭，甚至還貼心取名的大錬金嗎？他們果然與我不同，是更高等的生物嗎？那些傢伙真的對所有一切都不在乎嗎？我害怕自己死掉嗎？為什麼我那麼執著於自我這個意念呢？他們把自己與他人視同一律，同樣重視，或同樣輕視。我明明全心全意的認同，但是我永遠也達不到那個境界。受制於壽命的時代已經結束，人類的夜晚即將天明，然而似乎只有我永遠都不想醒來。

當然除了田山米榭爾之外，當時仍有少數的民眾在意個人的生命。此外，即使是田山米榭爾傾心的人類第一形態時代，其中有部分藝術家預知到未來少數派「無法覺醒者」的疏離感，將它表現在作品上。而其中在二十一世紀中期興盛的藝術家團體「鈷之具現」一派，更是留下顯著的功績。評論他們的作品時，「前衛性」或「時代錯誤」等用詞參半，部分還有俗不可耐的批判聲。但是他們的創作在高水準上，達到商業性成功及與藝術性並立的結果，因而大受好評。尤其是作品融入了俗稱「鈷的憂鬱」的主題，最受富裕階層的青睞。「鈷之具現」在團體解散前留下的作品，大多保留到大鍊金燒毀之前，定期的在各個地區持續展示。

在街頭遊走的田山米榭爾最後到訪的美術展，也收集了他們的代表作品。一入場，首先映入眼簾的是，大力投資「鈷之具現」的 Emosynk 公司創業者贈送的壁畫。保存狀態良好，鮮明清晰，是一幅單純的畫作。藍色從上到下漸漸變深，彷彿描繪的是海洋的剖面，到了底部則接近黑色，凝視漸層，會發現其中也加入別的顏色。一閃神，微量的黃、紅和綠就融入整體，無法辦識了。田山米榭爾走到壁畫前，鼻尖幾乎快碰到畫的時候，他的頭開始搖晃了。他發現有個地方的藍與其他顏色並未混合，只有那裡沒有塗滿，而是由一個個小小的點聚集而成。但是，不只是他現在注視的一小部分，整幅壁畫都是以針尖般的尖銳工具，耗費驚人的勞力製作而成。田山米榭爾緩緩往後退時也注意到這一點，點越來不像點，再站遠一點，已經看不出是一幅畫了，看起來就像沒有物質作為媒介，只有顏色本身浮凸在那兒。還有，不知為何，挨近看時烙印在眼中的點狀殘影，鮮明的浮現出來，在腦中恣意膨脹。田山米榭爾突然間毫無道理的感受到一股壓迫感，如同巨大手指按壓著地表，即使閉上眼睛，顏色也在黑暗中搖晃。

想到自己生長的時代，與繪製這幅畫的畫家們古今相隔，田山米榭爾不禁心頭一痛。那些人必須耗費有限的時間——那種焦慮、沉迷和呼吸。當然畫畫這種藝術活動，也保留作為查核點。但是，它和第一形態時代的行為之間，有著根本性的不同，不是嗎？我們已經失去了無法挽回的事物，不是嗎？當然田山米榭爾也心知肚明，抱持這種疑問，也會被列入查核點之一。即使如此，他依然煩惱掙扎，因為他覺得自己有辦法找到，與許多人通過的查核點似是而非的東西。我的這種想法與至今存在的數百億人類都不一樣對吧？儘管暴露在他們好奇的目光下的我，並不是那些沒有改變參數、只照著與生俱來的條件辛苦掙扎過活的人。只可惜，我這種想法也列入查核點之一。當時的人認為，完全消化查核點，人才終於能死得其所，但並非消化了一切就必須死。如果有意願的話，可以永遠的活下去，也可以去死，隨你自由。這算什麼玩意兒！田山米樹爾憤憤的想。

東戈．迪翁姆雖然很講究自己的基因在未來世代的市占率，但是如果他知道繼承他血脈的田山米樹爾生活在人類第二形態末期的話，一定大感快慰吧。東戈．迪翁姆預言未來的世態：「世界的大勢將會把肉體、精神上所有的活動發展與衰退研究殆盡，累積的修養將比歷史上的大宗教家更深刻。」但是東戈．迪翁姆不懂現實中田山米樹爾活在第二形態的苦惱，他在未能問市的著作中這麼撰述：

「在那種狀況下，不久後，人們會開始追求偶然性的復權吧。那正是通往第三形態之道。」

說不定，田山米榭爾就在毫無自覺下，探索著東戈．迪翁姆所說第三形態人類的道路。不論如何，他沒有讀過東戈．迪翁姆的書，只希望能為永恆延續的人類活動畫下一個句點。因而他想出了大鍊金的計畫。

酒醉漫步的田山米榭爾經常撞到在街上來回的人們。路上的行人大多都是精神熟練度不夠、無法完全脫離肉體累贅的人。即使如此，田山米榭爾看起來也與他對側的人很像。對側的其中一人扶住迎面撞來的田山米榭爾，然後用不致令人反感的聲量問他：「你想直接倒下去嗎？」「若是如此，我就放手了。」田山米榭爾垂著頭，什麼話也沒說。兩人保持著這個姿勢過了五小時。支撐田山米榭爾的路人體力告竭，與田山米榭爾一起倒在地上，在安靜的街道發出聲響。周圍的人看著兩人，宛如時間暫時停止。田山米榭爾的眼中流出淚水，隨後他就開始進行大鍊金。

田山米榭爾生活的第二形態末期，人類人口增減已無限趨近於零很久，換言之，處於停滯狀態。人人都認為，人生的查核點幾乎沒有遺漏任何感情或思考。田山米榭爾對自己種種情緒被編入查核點感到失望，他緬懷著第一形態的人類，像是為了逃出這股窒悶。但是，人生查核點的設置當然不是為了拘束人類。毋寧說，這個制度制定的目標，是完成人類普遍揭示的理想。

想要實現人人平等的理想，須比克服生命有限還要困難。為了實現理想，人類開發改變參數或注入因子等技術，但是在技術穩定一段時間後，人類的認知有了變化時，世界開始翻天覆地的轉變。首先，人生中經歷的一切都被網羅進查核點，經由全體消化這些查核點，讓希望、絕望、喜悅、悲傷和其他所有打動心情的事物，全都視為等價而去實踐。直到所有人都知道，在過程中被第一形態視為善的狀態——如美麗、富裕、多才多藝……，與被視為惡的狀態——如醜陋、貧窮、無能……都是等價時，才終於能超越形態、實現全人類平等的境界。也就是說，田山米榭爾厭惡的查核點，是為了實現他嚮往的第一形態中不可能實現的理想而設的。

到了第一形態的末期，由於有限的壽命和不平等，願望極端的實現／未實現，而困在無情和絕望中，出現了非常多人生隨之變調的人。舉例來說，走在巴黎克里尼昂古門的高橋塔子前面，出現了一個戴著全罩式安全帽的男人，手裡拿著刀，正在物色下手的對象，此人正是在第一形態的不平等中陷入絕望的人物。此時他特地從遠方前來，只為當個隨機殺人魔。他強詞奪理的認為，像法國這種身分固定、移民政策完全失敗、窮人在街頭乞討的社會是錯誤的，根本不應該存在，所以他要替天行道，並且堅信不移。當然他完全找錯對象，不可能成功。他的不滿終究屬於個人的情緒，這些年他為了過更好的人生，盡其所能的努力過了，但是，什麼事都不如意，每天都陷在青春白白流逝的恐懼中，最後遭到工作的工廠解雇，連住的地方都快沒了。努力的結果所得到的，只有深切感受到自己不需要這個世界，這個世界也不需要自己。不論怎麼想，都覺得付出的勞力與回報不成比例，ＣＰ值太差了，所以，簡單說就是全部都不要。

儘管他的思考能力平庸，但是他心中簡單的糾葛，對本人而言卻是再真切不過了。在人類的第二形態中，這種心理狀態是查核點初步中的初步，人們會充分體驗過苦澀後各別修正參數，但這位老兄只能維持著陳舊的參數，成為隨機殺人魔，一味受到指責，卻不知不久後人類將邁入第二形態，想到這點實在有點可憐他。

雖然他的激情遠遠不及高橋塔子，但是這個隨機殺人魔卻反而得到了強烈的感覺。他在隨機殺人魔式的強烈臆想中，是這麼思考的：我早已知道這個世界不需要我，但是，應該還有和我一樣，或是比我更不被需要、沒有價值的人吧。他的想法確實沒錯，當時的七十億人口中，如果按正統方式以基礎參數測量的話，他大概是倒數第三十億號吧。順道一提，在成為隨機殺人魔前，這些鑽牛角尖或者思想膚淺以至於成為隨機殺人魔的人，其選擇的殺傷對象，可以分類為以下三種類型：第一種是看起來比自己有價值的人，其次是看起來比自己沒價值的人，第三是剛好在場的人，比例大約為一比二比七。總之，大多數的隨機殺人魔喜歡襲擊民眾，宛如天災一般。克里尼昂古門的隨機殺人魔就屬於這種。他首先刺中穿薄衫的白人男性大肚腩，接著，刺向目擊這一幕、發出尖叫聲的嘉蓮・卡森肩口，然後劃中隔壁的湯馬斯・富蘭克林的額頭，接著又對準凱沙普・史賓・卡里揮動刀子。如同藥劑滴落時的化學反應呈圓形擴散般，察覺異狀的人們開始驚逃，在場只剩下重傷的白人男性、嘉蓮・卡森、按著額頭呻吟的湯馬斯・富蘭克林，躲開小刀，推倒凱蒂貓陳列臺的凱沙普・史賓・卡里、因為害怕而全身僵硬的春日晴臣，還有，與正選擇下一個目標的殺人魔對上視線的高橋塔子。趙義連在稍遠處誇張的丟下數位相機。

與高橋塔子對上視線的殺人魔感到窒息，忍不住想脫掉安全帽，握住小刀的手微微顫抖。高橋塔子目不轉睛的看著他，像是找到殺人魔情緒的死結。殺人魔心頭記起了不合時宜的記憶：在現在住的屋子開始獨自生活，少年時代愛用的舊型電腦、歌曲塞滿記憶體的第五代 iPod、處處破洞的牛仔褲，把這些物品一一從紙箱拿出來時的心情。這是殺人魔還未成為殺人魔前時的記憶，但是和僅僅五分鐘前不一樣的是，他成為隨機殺人魔已經是既成事實，回到現實的他必須執行用累積的臆想安排的計畫，逃走的方法也想好了。這些事，對打算光天化日下盡量殺傷更多人的凶手來說，算是相當少見，一般凶手都有自己的一套歪理：反正老子爛命一條，對誰做什麼都行。而這個隨機殺人魔卻超越了這種境界，他怒氣沖沖的想：這還遠遠不夠，老子要超越它，逮個人當墊背，然後全身而退。

隨機殺人魔的動作迅速，按照計畫抓了個嬌小女子——也就是高橋塔子——當人質，他把刀抵在她的脖子，竄入地攤的後面，讓她坐上先前用帆布蓋住的五百ＣＣ機車，自己壓住她跨坐後發動引擎。雖然他想輾幾個人也無所謂，但是一響起喇叭聲，路人就紛紛走避。隨機殺人魔沿著幹線道路北上，駛出巴黎市，朝著海岸一路直行，他的目的地是阿弗赫，那兒有棟海邊小屋，是他在計畫殺人前選好的。把這女人丟在離市區村鎮都有段距離的廢棄屋，應該就能按照計畫順利逃之夭夭吧。但是，不知該高興還是難過，發生了一件計畫外的事。

事件發生稍早前，對高橋塔子看得入迷的湯尼・塞吉，由於凱沙普・史賓・卡里撞向自己攤子的衝擊，遲了一步才注意到周圍的異狀，群眾四散因而開闊的視野中，只見高橋塔子獨自孤立。不久，他發覺她注視的男子手中握著一把刀，背脊像被打了鐵樁般緊張起來，若不採取行動，只能眼睜睜看著高橋塔子被綁架。於是湯尼・塞吉收好店裡所有的錢以防萬一，然後走到停在附近通勤用的小綿羊摩托車旁，刻不容緩的追著殺人魔。還有另一個人朝著殺人魔離去的方向，凱沙普・史賓・卡里以突出鼻子呈前傾的姿勢，腦海中浮現出重機馳離的殘影，因為鼻子吸了太多空氣，他出現了換氣過度的症狀。

在這場混亂中，現場群眾的行為分成幾個類型，大多數人的注意力都集中在眼前發生的凶殺而呆住了，但是也有人完全不受干擾，繼續預定的行動，絕大多數的前者只是靜觀事態變化，但不久後也出現為了讓事態好轉而採取行動的人。已有兩通電話打去叫救護車，自稱護士的女子開始為負傷者量脈搏。同一時間，極少數不受一連串事件干擾的人，繼續進行作業，或離開現場前往各自的目的地，例如湊巧在現場的扒手把混亂當成下手良機，從觀光客的皮包或口袋攫獲了大筆錢財。

最早到達克里尼昂古門現場的兩名刑警，發現攤位保險庫的錢不見，便用警車的無線電通報：「搶匪兩名，押了女子為人質，證詞紛紜，逃離方向目前不明。」兩名？搶匪？咦，不對呀，明明是隨機殺人魔，而且只有一人犯案不是嗎？含糊聽懂刑警法語的春日晴臣納悶的想。因為換氣過度近乎昏厥前阻止鼻子失控的凱沙普．史賓．卡里也懷著同樣的疑問，他向一旁顫抖的亞洲男人搭話，果然如他所想，他是那個女人質的同伴。看到虛弱呻吟的趙義連，凱沙普．史賓．卡里的腦海再度浮現出重機絕塵而去的景象，他的鼻子又任意的開始吸入空氣，肺部膨脹，視野變白，也許是心理作用，但他聞得到遠處有嘉蓮．卡森微弱的血腥味，載她的救護車已經離去，但味道卻是來自正相反的西北方位，她的血沾染在不鏽鋼刀上，混合著別人的血的氣味，現在仍散發著，他知道那股味道正漸漸遠去。

然而，三十多年不曾公開這項能力的凱沙普．史賓．卡里著實猶豫著是否該根據這個線索行動，但是眼前趙義連鐵青的臉，說明事態嚴重。凱沙普．史賓．卡里下定決心，把趙義連帶到刑警面前，「這個男人認識被綁架的女子，他說他有線索。」刑警銳利的目光令他喉頭一緊，但是既然說出口了，就沒有回頭路。凱沙普．史賓．卡里假裝幫刑警和趙義連翻譯，要求要一份地圖。他打開立刻送來的地圖，翻到巴黎郊外西北方的頁面，指出某個地點。刑警的臉變得越來越陰沉，但凱沙普．史賓．卡里忍住轉開視線的衝動，筆直的瞪回去。

凱沙普．史賓．卡里與趙義連坐上現場數輛寶獅出廠的警車其中一輛，因為刑警們判斷，這麼做至少可以先拘留他們，更何況這些刑警立功心切。在凱沙普．史賓．卡里與刑警雞同鴨講的對話間，警車到達地圖地點，在路肩停車。刑警發現賭一把的行動落空，大失所望，但坐在後座的凱沙普．史賓．卡里要求開窗，兩個刑警板著臭臉互相對看一眼，但還是心想「算了，幫他開吧。」降下車窗。微風吹入，凱沙普．史賓．卡里感到單邊腦袋隱隱作痛，鼻頭扭動了一下，在意識察覺之前，凱沙普．史賓．卡里——應該說他的鼻子——就已經深深吸入大口車外的空氣，就像顏料遍撒在全白的畫布上般，鮮明的氣味席捲了他的意識。凱沙普．史賓．卡里立刻掌握住應該前進的方向，指著地圖上更往西北的地點。他的聲音有股奇妙的說服力，露出片鱗半爪的他後來成為通神者，擁有超過一億名信徒的影響力。隨著警車的前進，大量空氣灌入車內，直接刺激著坐在後座的凱沙普．史賓．卡里的鼻腔。越是深深呼吸，他越是陶醉，不久連周圍的目光他也懶得理會，大口大口的張大鼻孔，嗅著氣味，他早已無法壓抑能力的解放，將灌入車內的空氣吸滿胸腔，充滿了未曾體會過的法喜。

跨上小綿羊的湯尼．塞吉，只在一開始還辨認得出前方殺人魔的重機車影，但是由於引擎等級差太多，立刻就被拉開了距離，然而，他沒有放棄繼續選擇正確的路，其實完全只不過是巧合，也就是殺人魔計畫逃往的地方是阿弗赫，而專心騎著小綿羊的湯尼．塞吉無意識瞄準的地點則是自己的故鄉。當湯尼．塞吉回過神來，已經離巴黎一百公里以上，他左右觀察了一下，發現自己只是妥妥的走在回鄉的路。湯尼．塞吉十分沮喪，放慢引擎在哀鳴的小綿羊，往阿弗赫的路他已走到半途，便轉念一想，乾脆回一趟故鄉看看吧。

幾小時後，湯尼·塞吉到達了港鎮的故鄉。鎮中心開了他兒時還沒有的藥店，也有了麥當勞，養父發現襁褓中的他的船塢依然如故，不過停泊的遊艇看起來都是舊款，似乎反映出近年的經濟蕭條。他跳下摩托車，遠望著大不列塔尼島旁的點點船影，一面在熟悉的地方散步，推著摩托車的手沉甸甸的，當然，他追丟了被殺人魔抓走的高橋塔子，是他沮喪的原因之一，但是，那畢竟只是他自己一頭熱。運用從東戈·迪翁姆遺傳的聰明頭腦，經營水貨店的湯尼·塞吉，對於卑微的生活十分滿足。自出生就與強烈願望或努力扯不上關係的他，習於藉由虛心的行動讓事物順利進展的感覺，從不在意得到的結果是好是壞，說得極端點，他若有什麼微微的盼望，那些小小希望總都能實現。換言之，自幼就能感受自己生在動盪中的湯尼·塞吉，單純的相信只要不斷澆水，枯木也能回春，採取了古吉拉特指數五十的行動。為了一見鍾情的高橋塔子，想都沒想就追到阿弗赫郊外，可以說是非常符合他性格的動作。湯尼·塞吉推著摩托車走在海岸邊，一面認真的想，說不定第六感真的很靈，那傢伙剛好逃到這裡來？

正當他如此尋思時，忽聽背後有人叫他，一回頭，原來是義務教育期間，上同一所學校的米榭爾．法蘭索瓦。「咦，你不是去巴黎了嗎？」雖然五年不見，但是叼著加倍佳棒棒糖的他，看來幾乎完全沒變，湯尼．塞吉還沒開口，米榭爾．法蘭索瓦就開始說起自己的近況，「還有呢，對了。我的手不是滿巧嗎？所以最近——雖然沒什麼關係——我開始畫畫了。不是我開始的，我有個哥哥是畫家，他給我錢，我只是照著他說的畫。喔不，他不是我的親哥哥，是不是親哥哥無所謂，不過，那傢伙與其說是畫家，更像是生意人，除了我之外，還雇用了好幾個人，他說什麼藍色的畫賣得特別好，像是大海啦，行星之類的，我是負責用針去刺。不過，真的很累。」米榭爾．法蘭索瓦讓他看沾了藍色顏料的指甲，湯尼．塞吉為求謹慎，便向他打聽，有沒有看到五百ＣＣ的黑色 kawasaki，前座載著東方女子的男人。「有啊。」「啊，那就好，我只是問一下比較保險，那謝謝囉。湯尼．塞吉說完正要離去，突然意識到對方的話，大吃一驚反問：「有？你是說你看到了？」「嗯，看到啦。長髮的亞洲女人沒戴安全帽。怎麼了？跟她認識嗎？」湯尼．塞吉的背脊一陣麻軟，追上了！他想。

警車一行也順利來到阿弗赫附近。每到岔路時，凱沙普．史賓．卡里就會探出將能力具象化的鷹鉤鼻，滿滿吸入周圍的空氣，指著行進方向。壓抑了三十四年的原本特質，就像雛鳥從蛋殼內側戳破般露出臉來，煞不了車的超能力，經歷過這件事後，成為凱沙普．史賓．卡里生活的主軸。他回到印度之後，放棄大學的教職，開始在新開設的推特和臉書帳號上發表意見，他的推文充滿豐富的語彙，並且展露出植基於嗅覺的特有世界觀，漸漸的受到好評，期待他發言的粉絲與日俱增。其中，信奉他為通神者的人甚至直接來見他，他從那些人中嗅出身體狀況，死亡的氣味、不安的氣味、說謊的氣味，把重點化成語言來傳達。原本就充滿服務精神的他，對於無法來面談的人，只要時間許可，也會在網路上對話。從事活動十年後，他的粉絲人數突破三百萬大關，凱沙普・史賓・卡里的通神能力隨著年歲越加增進，享有廣大的名望。

在撰寫他的言論中最受歡迎之「地球的氣味」系列時，凱沙普・史賓・卡里走到傑沙曼德湖（Jaisamand lake）的南端，集中所有意識在嗅覺上，使勁的嗅聞氣味。閉上眼睛，在連聲音都退至遙遠彼方的黑暗中，他用最敏銳的感覺器官，吸收著豐富的湖水和融入其中的空氣、附著在湖岸的青苔、水中棲息的淡水魚、圍繞湖水的山巒。他的聽覺、視覺、觸覺也全部退縮，如同顆粒的聚合般，世界重新組合成氣味的集聚。凱沙普・史賓・卡里將它表現為地球的氣味，「地球的氣味，整體來說狀似良好。只是從基點往南南西方位，出現動盪的氣氛。南南西方的朋友應努力平息怒火。」

只要是他的忠實粉絲，誰都知道基點就是傑沙曼德湖，聯合國組織的調查團成員，與他一同行動的嘉蓮・卡森也是其中之一。即使她第二任丈夫死後，沉浸在悲傷的情緒中到印度旅行時，她也每天打開凱沙普・史賓・卡里的推特。當接收到「地球的氣味。嶄新開始的預感。好戰意識逐漸減少。再生的時刻即將來臨。從基點往東北方位的人士，站起來動動身子吧。」的推文時，嘉蓮・卡森正好在德里。她在那則推文的引導下南下，來到凱沙普・史賓・卡里位於古吉拉特的住家兼教室的透天屋，與他交合。行為當中，她想起剛過世的丈夫、盼望與她生下孩子卻未能如願就死去的愛人的臉，這是她至今最想得到、卻未蒙賜予的東西。與凱沙普・史賓・卡里交合時，嘉蓮・卡森不知為何感覺自己正在做一件非常正確的事。如同坐牢般的第一次婚姻，充滿體貼的第二次婚姻，以及在久遠的過去對凱沙普・史賓・卡里的朦朧好感、在德里旅行時偶爾看到的推文，這些事如果沒有按照實際發生的順序與時機發生的話，現在我不會在這裡。嘉蓮・卡森已年逾半百，但此時，她才第一次不是從他人反應中推測，而是自然的感受到自己的美，而凱沙普．史賓．卡里也感受到嘉蓮．卡森心底深處散發出如同精煉蜂蜜般的香氣，非常久違的勃起了。這是那時候的傷喔。聽著拉起他的手撫摸自己肩頭傷痕的嘉蓮．卡森靜靜的聲音，他玩味著已經久遠的興奮餘韻。這次性交的結果，孕育了嘉蓮．卡森第一個孩子。躺在嘉蓮．卡森身旁，凱沙普．史賓．卡里懷念起與她一起行動時的往事，在非洲的調查、克里尼昂古門的人潮、自己直接參與的阿弗赫追凶，其中印象最深的，是那充滿預感的昂揚，如同挖到地下水脈般源源不絕的湧出來。

黑暗中，隨機殺人魔靜坐不動，這個姿勢看起來像在等待什麼。這時，他當然不知道，騎著摩托車的湯尼．塞吉與凱沙普．史賓．卡里引導的刑警們已經穩穩的向他接近。殺人魔的眼神看似平靜，但其實已處在半錯亂狀態。如同想像的過程，九成都按照計畫實行，而且，他試圖思考未來，腦中就像塗滿了黑色般，思考無法再往前進。實際殺人時，與腦中想像了千百次的印象大不相同，但是，記憶中的那種觸感，比現實更加生動貼近。刀子被吸進肚子的觸感，插中鎖骨時強硬的抵抗。腦中浮現出削掉骨頭邊緣、飛散出去的影象。明明是自己所為，他卻把那個行為想像成尚未發生、虛構的事。都是些枝微末節，他喃喃自語道。隨機殺人魔感覺，自己已經逃出生天了。

說得直白一點，他會成為隨機殺人魔，是因為他「正確的理解現實」。對第二形態的人來說，這只不過是初步的查核點，然而，可悲的是，在東戈．迪翁姆定義的第一形態末期的人類，絕大多數都只能在沒有時間和心情看清現實、關注現實的狀態，去「正確理解現實」。如果有某種程度的財富、進而有伴侶和子女，靠著關注浮世的表層打發時間過日子，相對來說應該不太難。但是對既沒錢又沒子女的人而言，第一形態的末期，可以算是比較吃力的時代。隨機殺人魔雖然只是其中極小一部分的人，但是在當時人們的安全保護中，隨機殺人魔的存在肯定是個棘手的問題吧。

鐵皮屋裡，如同第一形態得不到回報人們的代表，在無色的風景中，他感受到獨自被拋下的憂慮，只要關上簡陋的門，暗得連窗子都看不見，殺人魔就是看中這一點才選擇這裡。他什麼也不想看，也不想被任何人看見，不管是自己這個失敗作品，還是好過自己的他人，全都會不看一眼的通過。隨機殺人魔雖然自恃勇猛，但也不抱希望的想，最後還是逃不掉吧。哈哈，他自嘲了一聲，想讓失意也無心的通過，但下一秒，那個笑聲也在背後消失，他好像直接融化在黑暗中了。然而，周圍並非完全黑暗，鐵皮牆的一角，有一道直條裂紋，隨機殺人魔意識到高橋塔子的視線，喃喃的說「很刺眼吧」，隨後站起來，把身上的T恤脫下來，塞進牆縫裡，於是，小屋陷入了完全黑暗——的樣子。但不到五秒鐘，他的視力習慣了黑暗，發現光從鐵皮的接縫處滲進來。混蛋！真麻煩。隨機殺人魔發出沙啞的哀鳴。黑暗中被捆綁的女子輪廓朦朧，只有兩只眼睛在微光中眨了眨。沒，沒什麼。隨機殺人魔立刻想要辯解，「我討厭太陽，只是這樣而已。」正當他心想，自己到底在說什麼時，所在的地面像是崩塌了一般。「不，真的，我討厭太陽。太刺眼了。」明明在女人面前什麼都不想說，然而話卻像瓦礫崩塌般從嘴裡吐出來，「真的很討厭啊。我連直視都沒辦法。很、很奇怪吧。那種玩意兒光明正大的掛在那兒，感覺、感覺很厚臉皮。它應該稍微內斂一點，我、我覺得應該優雅一點比較好。」高橋塔子的眼睛昏暗閃爍著，像是絕不看漏任何一個東西。隨機殺人魔無法無視體內的衝動，「喂，你看看。我都躲成這樣了，它還是死性不改的射進來，我不需要啊。可是，到了晚上，也、也、也、也是一樣，有個傢伙會把那玩意兒的光反射回去喔。啊，不是，不是，不是那樣，就算沒有月亮，那傢伙的影響還是在，無處不在。就算是漆黑的夜晚，那顆玩意兒的碎片——我說的是太陽喔——還是在，永遠，逃不掉的。我說的是太、太、太陽喔。你幫我問問吧？你不是日本人嗎？那你一定知道吧。前、前、前一陣子，我看到你們國家的新聞，報導隨機殺人魔的事件嘛，因為我是粉絲，我、我、我不是隨機殺人魔，而是隨機殺人魔的粉絲，所以看、看了報導，七十二歲的老太太，殺了六十八歲的老太太，這、這、這麼說：『你幾歲？我七十二喔。』她去當隨機殺人魔來代替自、自、自殺，因、因為都一樣嘛，不是殺了對方，就是殺了自己。可是，那傢伙並不停止啊。不公平嘛，我發、發、發現了，所以，我一定要逃走。既然殺了，就必定要逃走，因為那傢伙不公平啊。我說的是太陽。因為早、早、早就決定好連接到哪條路，一定會輸的，一、一、一定的嘛，我們啊，就像是那、那、那、那傢伙的餘波，那傢伙的影、影子。所、所以，我說的是太陽，所以必須逃走，必須逃得遠遠的。不，可是逃不掉的，哈哈哈，我說的是太陽。一定輸的，總之，」這時隨機殺人魔突然閉上嘴，抬起頭，迎視高橋塔子的視線，「總之，我說的是太陽。」

時光荏苒，第二形態末期，窩在九．二六平方公尺房間裡的田山米榭爾終於發現了如何加速太陽的核融合，鍊出金子的方法。那時情緒高漲的他，透過媒體，發表「製造金子」的言論。田山米榭爾的發現，來自於給予物質質量，假設只要將「上帝的基本粒子」希格斯粒子直接注入太陽，依據這個方法，原子核互相拉引的核力，與試圖排斥的庫倫力之間平衡崩解，太陽的核融合會進行得比氦更遠。這個假設是對的，剩下的問題，就只是調節它的變化。換句話說，就是確立在金子生成達成目標的階段，停止核融合的方法。他推測，相對於促進核融合的希格斯粒子外，應該還有反作用的其他基本粒子才對。從這單純念頭開始，推算出有助於調整核融合的反作用基本粒子的分配。首先，為太陽注入希格斯粒子，接著，再打入安排適當的反作用粒子膠囊，照著這個順序，自古以來人類夢想的鍊金術——應該說任何人都不曾想像過的大規模鍊金，就能水到渠成。

田山米榭爾微幅但激烈的搖著腦袋繼續思考。真的沒有任何未完成的事嗎？但是，人類可以達成的所有的行為，全都被設置成查核點，既然許多人都已通過所有項目，停止了生命，這就是個愚蠢的問題了。客觀的說，已經再也沒有未完成的事了。即使如此，田山米榭爾還是用寒徹骨的心思，反覆嚴厲的自問：綿長延續至今的工作，真的可以就此結束嗎？有些事不正是現在才應該好好想想嗎？在他思索的過程中，核融合加速裝置的倒數仍在進行。

運用田山米榭爾理論的核融合加速裝置，從設計到組裝都以極快速的方式進行，裝置完成之後，田山米榭爾舉行了無數次說明會，以善盡說明責任。既然已經決定大鍊金的行動，說明會的內容通常都關乎技術的層面，在自己召開的說明會中，田山米榭爾總是使用自製的器具，那是將可調整深度的特製燒杯互相連結的器具，連結的部分附加吸水性高的海綿。不知為何，他對這副器具特別堅持，每次說明會都要一再重新製作。「各位了解了嗎？首先，調整這個燒杯的深度，也就是說一開始決定要放入多少量的水，即決定核融合要進行到什麼程度。然後，在那裡注入清水，這些水也就是能量。請看。對，像這樣，當水快要滿出來時，周圍的海綿就會吸收能量。然後，海綿的水會滴落到其他的燒杯中。是的，這就是調整觸媒效果。」對於當時頭腦參數可以修改的人類而言，田山米榭爾說明的理論，不論是誰當然都能理解，甚至自己發現理論也都是輕而易舉的事。即使如此，許多人還是樂於參加田山米榭爾的說明會。

民眾像一只巨大的眼睛守望著他，也許是因為他有所欠缺。他毫無表現出獨創性的所謂才能因子，在可以維持人出生後的初期狀態期間，與才能因子或信仰因子兩者之一的保有量成正比。田山米榭爾儘管兩個因子都沒有，但長時間一直忍耐著初期狀態。是什麼發生作用，才能一直處在那種特異的狀態呢？田山米榭爾這樣的人到底想追求什麼？想做些什麼？對第二形態的人類來說，田山米榭爾的內心世界，確實保留著未知領域，即使只有一小部分。如果不是他的提倡，大鍊金可能不會施行。

「在人類第三形態時代，」東戈．迪翁姆在書中如此寫道：「人類在第一形態時理應唾棄而排除或克服的事物，開始復興了。第一形態避諱的偶然性、有限性、不公平、恣意，和其他所有的偏頗，到了第二形態都已被完全排除。但是到了第三形態，照理說人們終於找回了初始的意義，那時候的人應該能正確的理解那些被放置在無意義環境、被殘忍消失者的價值了吧。在第二形態的末期，出現了無視過往人類脈絡的奇異點——雖然預料會出現有傾向、反動性的個體——當人類全體都能祝福這種人物時，才能打開通往第三形態的道路。」

田山米榭爾如果讀過東戈．迪翁姆的著作《凝固的世界》，知道自己九代前祖先已經能想像出超越自己時代的未來世界的話，說不定他會改變作法，要求人們放棄大鍊金這個選項，繼續摸索其他的可能性。但是，東戈·迪翁姆保管自己著作的保險庫，一直埋在地底下，誰也沒能打開。在巨大金塊出現在太陽系這個空間的路途上，田山米榭爾的生命也走到了終點。那一瞬間，他的精神狀態與東戈·迪翁姆死前有些相似。他深深感受到自己經歷的時間累積，以及自己作為媒介所應該經歷的事物，那是一種像是深夜悄然的燭火倏地熄滅般的憂慮感，也像是直接觸到神經般，感覺到扭轉身體般銳利的直覺。他拚命的伸出手，試圖說幾句話，但是那隻手只是徒勞的在空中亂揮，最後出現在他腦海的是「總有一天」這個詞，以及「即使如此」。如果此時，凱沙普·史賓·卡里在田山米榭爾的身旁，也許能說些應該對他說的話。凱沙普·史賓·卡里通神的能力，在人生的尾聲到達巔峰，世界各地有名望的人無不希望與他面談。然而遺憾的是，田山米榭爾與凱沙普·史賓·卡里的生存年代完全沒有重疊，根本是不可能發生的事。

晚年的凱沙普．史賓．卡里幾乎婉拒了所有面談要求，躲避與人接觸，在家裡兼教室嗅著地球的氣味——他的能力已經升高到沒必要走到傑沙曼德湖躲避雜臭味——然後在網路上發表訊息。凱沙普．史賓．卡里稱為學生的追隨者已達到一億人，但對他來說，實體的人味道太重，他沒有任何勉強忍受氣味而想見的人。父母已經過世，他又沒有伴侶，活在世上，與他有血緣關係的人，只有與嘉蓮．卡森交合一次時而有的孩子。某一天，他接到那孩子與湯馬斯．富蘭克林孫女結婚的消息，凱沙普．史賓．卡里雖已停止與人見面，但接到湯馬斯．富蘭克林通知喜訊的電話時，他答應了見面，似乎是懷念成為通神者前的自己，連這種懷念的情緒，他都很久沒有感受過了。

兩人自巴黎一別後，隔了四十年，才在凱沙普．史賓．卡里位於古吉拉特的自家兼教室重逢。午後的陽臺上，從他未曾謀面的兒子開始聊起，凱沙普．史賓．卡里津津有味的聽著湯馬斯．富蘭克林娓娓說著。話題還說到兒子的結婚對象——即湯馬斯·富蘭克林孫女——的母親，也就是湯馬斯·富蘭克林的兒媳，竟然是湯尼·塞吉與高橋塔子的女兒。「你不覺得真是一場奇遇嗎？」說完整段故事後，湯馬斯·富蘭克林一臉愉悅的倒了一杯琴湯尼。但是這樣的偶然，對看過一億個追隨者的通神者凱沙普·史賓·卡里來說，一點也不覺得稀奇。飲完第一杯酒的湯馬斯·富蘭克林又說起自己目前的研究，而且他也想了解凱沙普·史賓·卡里的活動，尤其想多打聽他那一億名追隨者。這些人有什麼樣的傾向？你發出訊息，他們接收，對你來說，哪個比較重要？哪一邊對你的精神會造成影響？凱沙普·史賓·卡里閉上眼睛，回顧他的學生們。他答道：奇妙的是，有時候我不知道自己是活著還是死了。自己已經如同一道波動，只在他們的意識上飄浮。即使在與湯馬斯·富蘭克林談話中，凱沙普·史賓·卡里的意識也在繼續與追隨者交換訊息。他無須像從前那樣運用手或聲音輸入文字，他的腦波拾取的文字會自動刻進去，同時分出另一個意識開口與湯馬斯·

富蘭克林說話。我很早以前就死了，我只活在他們的記憶裡吧，或者，我只是死後還在繼續做的夢，或是類似的意識呢？你還活得好好的，至少我看起來是這樣的。湯馬斯．富蘭克林面色嚴肅的說。

「對了，」湯馬斯．富蘭克林打量著凱沙普．史賓．卡里無法聚焦的眼瞳，「我有個請求，如果你願意的話，能不能把那擁有一億名追隨者的帳號讓給我？」凱沙普．史賓．卡里明白，這才是他的正題。湯馬斯．富蘭克林就是為了這件事，才千里迢迢的來見我。「如果你願意讓給我的話，」湯馬斯．富蘭克林繼續說：「我可以將我剛才說的研究成果跟你分享。也就是說，你會和我一樣，未來永生不死。你意下如何？」凱沙普．史賓．卡里一聽，立刻搖搖頭說：「我不用了。」「為什麼？我也開發出製造金子的方法，如果你願意，我也可以一併教你。」「不，這也容我拒絕。但是，你為什麼那麼想要這些東西呢？」「為了接下來的研究。」「喔？是嗎？如果是這樣的話，現在你就頂替我吧。我把帳號和密碼告訴你。」湯馬斯．富蘭克林把杯子放在桌上，凝視著凱沙普．史賓．卡里。「你是第二人。」「什麼第二人？」「這樣回答我的人。我跟你說實話吧。我向八位擁有一億名以上追隨者的人，提出同樣的要求。」「喔？」「你是第九位，我承諾用永生的力量交換帳號的人。」「唔。」「有人點頭，也有人不願意接受。但是，也有人無條件的讓給我，像你這樣。」「但是，得到答案你打算怎麼做？」「什麼都不做啊。這只是個測試。」「但是我覺得你這麼做，有一天可能會變成一個渾沌不清的人喔。」

⊙

凱沙普真的是個目光如炬的人物，因為從他為我擔心的那時起，來到遙遠彼方的我，儘管理解自己只能表達現實事件的近似值，但還是一個人獨自訴說著這個故事，因為如果我不說的話，一切就好像不曾存在。像我這樣用第一形態的語言，說出過往的人和事，終究成了一個渾沌不清的人了嗎？或者，正是還用這種方式訴說的我，才能算是人類第三形態呢？不對，那個難以轉移視線的巨大金塊才是，充其量我只是它的附屬物，不是嗎？

姑且不論有些爭論的餘地，但反正凱沙普．史賓．卡里最後還是把擁有一億人追隨者的帳號，讓給了過去的我——也就是湯馬斯．富蘭克林。藉由這個過程，雖然有所重複，但是追隨湯馬斯．富蘭克林言論的人，增加到九億人。如同他本人所說，那是為了進行下一個研究的部署。湯馬斯．富蘭克林的研究「個人性的找碴」，若有人問他到底對什麼找碴呢，他總是顧左右而言他。但是在他酒醉喝茫的時候，不小心的說，「可以去看看陶爾．貝洛*4的遺作」。

4　譯注：Tarr Béla，匈牙利電影導演，代表作包括長達七小時的《撒旦探戈》。

當他在古吉拉特對凱沙普．史賓．卡里說時，湯馬斯．富蘭克林也把自己的研究用「個人性的找碴」來形容。凱沙普．史賓．卡里聽了這話並沒有說什麼，只是皺起眉間凝視著他，像是看著重病瀕死的患者。然而，在現實中，先過世的是凱沙普．史賓．卡里。同樣的，春日晴臣和高橋塔子、湯尼．塞吉和嘉蓮．卡森以及趙義連也都離開人世。另一方面，活在網路上的凱沙普．史賓．卡里卻是長生不死，追隨者的人數在本尊被頂替之後仍然持續增加。湯馬斯．富蘭克林管理的帳號總數達到全球人口的三十％，這群人天天察覺奇跡的偶然在發生，而所謂的偶然也漸漸改變了形態。

湯馬斯．富蘭克林在與追隨著接觸時，給自己訂下了嚴格的規矩，他沒有改變原帳號所有人的立場，發言內容也從不反映自己的想法，自始至終只保持觀察。唯有一次例外，自己對追隨者造成了影響，那是人們試圖統一意願，將行動範圍擴展到太陽系之外的時候。人類好不容易進化到這個境地，卻為了擴展行動範圍，而回到野蠻時代，湯馬斯．富蘭克林認為毫無意義。

持續吸收追隨者的期間，湯馬斯．富蘭克林將人生中幾乎所有關連的人，在網路上被拉進他展開的巨大網中，成為他實質的追隨者。但是奇妙的是，擁有春日晴臣血統的人，成功的逃過這張網。春日晴臣的配偶是他的追隨者，但兒子、女兒，以及孫子們全都沒有加入。湯馬斯．富蘭克林品味著只有自己知道的細微偶然，對春日晴臣的性狀如微波般殘留下來與致大發，覺得它像是個經過多年的玩笑。

⊕

偏偏是第二週的週五啊！春日晴臣身為隨機殺人魔案的相關人，被迫滯留巴黎，他瞪著巴黎警察署接待室的牆壁，滿心憤慨。按春日晴臣的計畫，此時他應該在飛往日本的飛機上，到達羽田機場後，他打算直接驅車新橋，在廉價旅館開房間，立刻召妓，旅館房型和指名的外送小姐候選都決定好了。說起來，接下這種工作根本就是個錯誤，春日晴臣憤憤的想。花了大把時間飛到那麼遠，聽個不正經的非洲男人說話，況且還險些被刺傷。明明還有更有利可圖的工作等著他！明明附近就有只要硬掰就能過關、沒有人期待任何具體效果的、可有可無、只是面子上好看的那種、適合我的工作。春日晴臣那乖張的意識又跑出來了。這一切的一切全是嬰兒販子的錯，說到小孩子，在他正常成長，學會正確自衛之道前，周圍都應該有人好好保護，盡可能讓他處於有利的立場，那才是為人處世應有的道理不是嗎？若不如此，家裡的太太或奶奶肯定會囉嗦個沒完沒了啊。啊，真煩人，快點解決了吧，他們以為今天星期幾啊？

正當此時，在阿弗赫，宛如撫慰春日晴臣的躁怒般，凱沙普．史賓．卡里搭乘的警車停在鐵皮廢屋前。近乎傾頹的小屋屋簷下，停著通緝中的重機和摩托車，刑警一發現立刻緊張起來，用無線電呼叫支援。突然間，小屋裡傳出劇烈的聲響，門朝外彈了出來，一名黑人男子將白人男子壓在倒下的門上，遭到制伏的白人男子喃喃自語，他向靠近的刑警也說了什麼，但是完全聽不懂，拷上手銬時才勉強聽出，男子反覆說的只有「太陽」這個字。

撞開鐵皮屋門，制伏殺人魔的湯尼・塞吉一臉笑意的將獵物交給在門口擺開陣式的警察。但是，當他準備瀟灑的回到小屋，解開高橋塔子的繩子時，被兩個大塊頭警官扭過手臂，他一時楞住，不知怎麼回事。另一名刑警攬著高橋塔子的背，從小屋裡走出來。不對，湯尼・塞吉想，這應該是我的工作吧？湯尼・塞吉大聲呼叫，高橋塔子的嘴唇瞬間抖了一下，但在刑警催促下坐進了警車。戴上手銬的湯尼・塞吉環顧四周，那個在克里尼昂古門把凱蒂貓貨架撲倒的鷹鉤鼻印度男人也來了。但是，自行走下警車來回踱步的凱沙普・史賓・卡里只是出神的閉上眼睛，完全沒有注意到湯尼・塞吉的窘境。湯尼・塞吉心想，只要回到巴黎，所有的誤會就能解開吧，於是順從的讓警察帶走。不料，他被不當留置了很長時間，等到警方掌握了事件全貌，終於解開誤會時，湯尼・塞吉故意在負責的刑警面前，搓著之前手銬銬住的皮膚喊痛，一面欣賞他們的反應。逮捕他的刑警中，除了其中一個還是氣呼呼的，一副高高在上的態度，其他刑警擔心他會以不當搜查告上法院，所以頻頻向他道歉。可能是這個緣故，當湯尼・塞吉要求與被害女子見面時，很快就得到應允。

巴黎警署的接待室前，高橋塔子擋住了走廊射進來的光，出現在湯尼・塞吉面前。筆直的長髮，微傾的臉龐露出鬧脾氣的表情，像是怎麼想都想不出某件重要的事那樣，但是，一眨眼就消失了，當她在湯尼・塞吉對面坐下時，臉上又慣例的露出似在挑釁、又死心斷念的強烈眼神。還沒來得及思考，湯尼・塞吉便已張口說話，他的話語充滿了熱情，連負責口譯的阿黛爾・杜蘭都為之不解。她是當時警署內日語最好的職員，但是能力還不足以正確表達出湯尼・塞吉精心構思的示愛之詞，只能用七零八落的詞彙說給高橋塔子聽。「他在店裡工作時看到你兩次，他覺得你很美麗。第二次的時候，你也看到他。」「你的美麗比凱蒂貓高一百倍以上。」「他沒有你會死。」「他說他想和你一起去你的國家。」高橋塔子對他的追求不置可否，隨他自由。不管是被隨機殺人魔持刀抵住，還是被捆綁，她都無動於衷。

即使這起事件告一段落，湯尼・塞吉追著她真的來到日本之後，她的態度也是一樣。湯尼・塞吉擁有東戈・迪翁姆遺傳的優秀頭腦，立刻學會流暢的日語，若是略過幾個重音，幾乎與本地人相比也毫不遜色。在東京茅場町的語言學校謀得法語講師一職的他，不屈不撓的追求高橋塔子，最後得償宿願與她登記結婚時，高橋塔子又換了別的名字。不過，不管是新婚燕爾，還是後來女兒出生，她還是完全沒變，用和從前同樣的眼神，瞪視著包含湯尼・塞吉在內、自己身邊的種種境遇。湯尼・塞吉在日本的生活，適應得遠比她順利，原本兼職待遇的教職，也升為正式職員，並且被拔擢為最年輕的主任。她總在半夜吶喊尖叫，就像在對抗眼看著已然成立的生活基礎，像是不論怎麼努力，毀壞的事物再也回不到從前；像是這世上所有人，包含湯尼・塞吉在內都是垃圾，自己也是垃圾之一；像是與湯尼・塞吉認識時自己正在當妓女；當時是趙義連買了她才到巴黎來；像是雖然結了婚，但她對湯尼・塞吉一點也沒有愛；總是想著現在馬上想去死。她把自己關在房裡越說越激動，讓湯尼・塞吉憂心忡忡。她嚴厲的責罵湯尼・塞吉，執拗得如同一見到新芽露出就立刻摘掉一般。起初，湯尼・塞吉對她的責罵總是認真聆聽，但是時間久了，他也漸漸會稍微反駁，有時候，一面為孩子和自己做便當，或者是一面在熱水袋灌熱水時，他會說：「都已經是過去的事了」、「而且職業不分貴賤呀」、「熟能生巧嘛」、「別那麼急，人總有一天會死的」、「好啦好啦」，可是她仍然不死心。可是我一直都在看著啊，反正好事永遠輪不到我，等到的結果都是屎。確實，她的直覺沒有錯，步入第二形態前的人類，真的走向沒有希望的末路。湯尼．塞吉並不知道這樣的結局，就算他知道，他的態度也一定不會變。湯尼．塞吉的堅定不移，讓她終於屈服的流下淚來，她已經四十年沒哭過了，她把手攬在睡在身旁的湯尼．塞吉肩上，緊緊環抱住。怎麼了？湯尼．塞吉用發音完美的日語說。從背部感受丈夫隨著年紀而變硬的手臂，她不住的顫抖，那種不安不同於年輕時威脅心靈的憂懼，但湯尼．塞吉不久之後才發現這一點，而高橋塔子也是在此時告訴他自己最早的名字。然而不管怎麼樣，湯尼．塞吉的態度還是一如過往，他緊緊的擁抱她，微微的盼望「別再哭了吧」，就像他父親東戈．迪翁姆曾經對醜少女的撫慰，或者田山米榭爾大鍊金到一半時驀然想像到的幻想幸福。

在漫長的婚姻生活中，湯尼．塞吉偶爾會想起在小屋裡從殺人魔手中救出高橋塔子的事，其他像是在克里尼昂古門攤子上對高橋塔子一見鍾情，眼睜睜看著她被擄走，形形色色的景象浮現在心中，但是，最常回想的，還是在阿弗赫的激烈打鬥；在小屋前發現殺人魔騎乘的 kawasaki 時的激昂感，眼前出現的徵兆，足以讓他相信願望將會一一實現。那時，他鼓起難以置信的勇氣推開門，陽光射進屋裡，照亮了屋內的高橋塔子。激動的情緒炸開，正想呼喚她時，話語卻被眼前殺人魔的大叫聲沖散。別進來呀！真討厭！好刺眼呀。隨機殺人魔像個鬧脾氣的小孩，皺起臉閃著淚光，過來抓住湯尼・塞吉。湯尼・塞吉試圖撥開殺人魔的手，但那矮小的身軀突然發出不可置信的力量鉗住他的脖子，湯尼・塞吉對這意外的發展感到焦躁，想擺脫鉗在脖子上的手，但是那雙手如同磐石般紋絲不動。夠了夠了，你想撐到什麼時候？快停止。好刺眼啊。湯尼・塞吉的意識漸漸模糊，噩夢般的叫嚷聲也漸漸遠去，心跳遠去，兩道光在遮蔽眼睛的黑暗中晃蕩。搞不好我會就此死去，湯尼・塞吉想著。但他並不後悔，如果追蹤過來的線索引導他到這個地步，那也是沒辦法，甚至他覺得只要她記得有個悲哀的男人為了營救她而丟了小命，那就夠了。不過，這種幻夢般的超然心情並沒有維持太久，如果他的脖子一直被掐住，真的即將失去意識的話，他說不定會使盡洪荒之力反擊殺人魔，將他打成重傷。但是，就在這個時候，不知該高興還是悲哀，殺人魔突然改變了施力的方向，他放開湯尼．塞吉，發出不明所以的叫聲，走向門口，使勁的關上門。漆黑一片的房間裡，湯尼．塞吉驚愕不止，被掐住的頸部還在發熱，湯尼．塞吉再次轉向滲入黑暗的矮小輪廓。殺人魔超越極限的力量不知為何完全消失了，兩人扭打在一起，一同撞破一直守護黑暗的大門，一瞬間，所有的一切又再度回到太陽之下。高橋塔子朝著太陽瞇起眼睛，耀眼的光似乎讓她忍不住想閉上眼睛，但是她抗拒著，把眼睛睜得更大，瞳孔收縮，陽光烙在眼睛上，淚水濡濕了眼睛。植物性的反應，各種光的粒子在高橋塔子的網膜上起舞，即使如此，她還是不願閉眼。

⊕

從剛才就與從車站走來的女子四目交會，不知為何，我無法從這個背向霓虹燈的女子移開視線，那個女人像是根本不把我放在眼裡，觀察似的、毫無怯意的直盯著我。

好久沒到新宿來了，我走出三坪大的房間來到這兒，全是因為大學時代的同學約我喝酒。他們與我不同，對於不利於己的事，一向善於轉頭忽略，在社會上玲瓏八面。他們出生在這個先進國家，既不用擔負風險，永遠只看光明面生活，受到高質量的教育，附屬於強大的組織，吃美味的食物，住在舒適的場所，親自扶養沒出息的小屁孩。然而這也是無可奈何，這個時代的人類就是這個德性，他們沒法像我這樣帶著驕傲自己挑選，只能受限於無聊的初期條件，照著出生的狀態繼續活著，真是可悲的生物。正因為如此，他們才會把偶然得到的事物當成珍寶，故意炫耀與得不到者之間的差異，不只，即使不對外炫耀，心裡肯定也是這麼得意洋洋。還好自己不是那種人，還好不像他們那樣醜陋、愚蠢、貧窮。用那種愚不可及的比較自我安慰，勉強度日，就是在這種形態下生存的人類。

又對上剛才那女子的眼睛了，擦身而過前，女子把視線從我臉上轉開，投向其他人。這女人──也許叫她少女更為適切。

但是，不能用這種目光看人喔。

這種目光肯定會招來壞人。

我穿過ＡＬＴＡ前，往伊勢丹的方向走，來到位於混商大樓八樓的居酒屋，大家已經到齊了，一起歡迎我。這些人儘管無自覺的從弱者手中搶走許多錢，但是對我倒是挺和善。

「喔，田山。真的太久沒見了。你還好嗎？」

在貿易公司上班的男子坐到鄰座，幫我倒了啤酒，他從以前就對我很親切，可能現在他仍舊盡可能的保護著親密的人，漸漸擴大「我這群人」的範圍吧，是個溫和、有活力的人。

「可是，你瘦了呢。」

隔壁的女生說。會嗎？大鍊金的檢查進入最後階段，的確有時我連飯都忘了吃，所以多少瘦了一點。「反正我剛才幫你留了一份，放在這裡喔。」她還是一樣體貼，不過即使是她，也將變成金子，大家都會變成金子，變成金子。

「變成金子嗎？」

對啊。是個在銀行上班的女生。咦，我記得她因為太努力工作，把皮膚搞得坑坑巴巴，最後辭職了不是？真是腦袋有問題，為何要接受組織性的剝削呢？在她詢問下，我解釋了鍊金術的架構：讓原子核互相融合，就會變成其他元素，奇幻故事中經常出現的鍊金術，理論上可以做到。大家都興味盎然的聽我說話，但是，我沒提起大鍊金，因為他們不會感興趣，萬一說漏了嘴，也許再也回不了頭了。這是我必須自己決定的事，該是下決定的時候了。

隔壁的男人聊起孩子，花了大錢抬高身價養大的孩子。在有利的條件下，他開始準備不算公正的競爭，但是，他當然沒有惡意，不，應該說他正努力的盡到他自己的責任，盡可能在有限的時間、有限的條件下，培養也許比自己更優秀、比自己更美麗，有可能比自己更善良的孩子。但是，既然如此，為什麼不幫我取名字呢？孩子的聲音說。我明明這麼優秀，明明以後我會變得非常美麗，為什麼必須在半途就結束呢？**半途？**沒有，不是的。**半途？**沒有啦，我就說不是嘛。結論早就定好了，既不是半途也不是終點，因為所有一切都是現在，一直都是現在。是的，所以我才要進行大鍊金，因為我也到不了另一邊。

不論哪條路都來不及了，所以至少我該說出真相——

真相？

喧譁聲在腦中回響，人工的光線照亮街頭，我什麼時候來到室外了？新宿的街即使在夜晚，也充滿了近乎嘈雜的光，男人喚著女人，女人皺起眉毛。不對，她是在笑吧？女人看著我，總之這裡人潮眾多，有人有大樓，無盡延續的這些，全都會燃燒殆盡，不久變成金子。

走到辦公大街，與天空摻雜的大樓高處窗口亮著燈，那扇窗的深處某地一定有保險箱，藏著重要的財物。大樓不斷不斷的往上攀高，天空也變得越來越狹窄。我知道這時候還在工作的他們將走向何方，是的，我還是必須向大家解釋大鍊金，必須去拿回那個燒杯，調整觸媒效果、加速核融合。從鈾變成鈽、釔、鋯、碘、氙、鉋、鑭、銀、鉑，然後是金，變成金，變成金。

第一形態體驗裝置

29.0.66tmkyj 版

Name〈Michel, Tayama〉

Date〈2013, 9, 4〉

Location〈Tokyo, Japan〉

Parameter〈Original〉

Facton〈Original〉

靠著這個條件能繼續下去嗎？

Copyright 10122 Emosynk inc. All rights reserved.

那時，田山米榭爾繼續遠望著浮在萬里無雲天際的太陽。田山米榭爾的視線前方，設置在太陽附近的核融合加速裝置開始運作，內部第一火星塞點火，裝置內部的原子彈爆炸。這個過去在地球上發揮沉默威力的炸彈，在整個裝置當中，它只不過是第二火星塞而已。引爆原子彈的能量，將核融合燃料的氫同位素快速加熱，達到攝氏一億度以上。以超高密度在一定時間內維持這麼高的溫度，就能滿足核融合的開始條件——即洛森判據*5，原子核開始融合。高濃度的能量無處散失，留置在裝置內部，繼續加熱燃料。不久後，熱環境滿足田山條件，接下來，內部燃料從原子分兩階段分裂成更小的單位——基礎粒子。希格斯粒子、光子、膠子、引力子，各種基礎粒子都經過凝固，裝在膠囊中。

5 譯注：指維持核聚變反應堆中能量平衡的條件。

那時，田山米樹爾繼續遠望著浮在萬里無雲天際的太陽，他十分清楚視神經燒灼後，再也無法正常視物。但是以當時的醫療技術來說，這都只是枝微末節的問題，過去也有人因為純粹的興趣而凝視太陽，而且這種衝動當然也算是查核點之一。當然，田山米樹爾凝視太陽，只是一種尋常的行為。湯尼．塞吉與高橋塔子比耐力其結果產生老套愛情、把年輕人轉變為殺人魔的挫折感、春日晴臣些微的保命本能、嘉蓮．卡森的空虛感、凱沙普．史賓．卡里聞到的地球氣味、東戈．迪翁姆的孤獨，任何人都想得到，所有一切都是尋常的、毫不驚奇的、類型化的事物。將所有形態都想透了、經驗過了，通過所有的查核點，終於結束人生，則是第二形態人類的生命樣貌。人們還沒有經驗過的，只剩下終結。

裝滿基礎粒子的膠囊射入太陽時，田山米樹爾的視網膜被陽光燒灼，視野白亮發光。天空似乎滿溢了太陽的光，地表溫度不斷上升，超過各種生物可生存的範圍，大部分生物都起火燃燒氧化變成炭。地面崩裂、滅亡的城市痕跡和藏在地底的保險庫等，種種遭人遺忘的東西全都暴露出來，迎接各自的融點，放棄似的與周圍融成一體。

同一時間，太陽光把自己變成金還不滿足，開始膨脹並且吞噬行星，從離太陽最近的星球開始，按順序吞掉了水星、金星、地球、火星，終於擴大到整個太陽系。田山米榭爾在變成金的稍早前，覺察到自己死期將至，他的腦部展現出活潑的動態。他一面想像著曾是生物的所有物種，連同可能孕育出同程度的物質，全都被太陽吞噬，成為一塊巨大的金，同時雙手像是扒住又像是掙扎般在空中抓搔著。他的思考也因為周圍的熱，不再完整。細微情感的流瀉中，有那麼一瞬間田山米榭爾的指尖似乎碰觸到這一生他想碰觸的所有事物。嚴格來說，人類認同大鍊金是因為田山米榭爾，而且大鍊金也是為了超越所有形態的全體人類，更是為未來的布局。雖然有忽略人類脈絡的奇異點現象，但如果不是田山米榭爾，結果將會不同。任何人都明白這一點，並且在這種狀況下推動大鍊金，即使是自己緊抓不放的卑微堅持，即使是招來不信任的疏離感，即使是醜陋愚昧的人，但是田山米榭爾的所有情感都受到祝福。臨死前，這樣的思緒在田山米榭爾也無法掌握的地方打轉，但不久，它也完全停止了。曾經組成田山米榭爾的種種離子體，與其他物質混合，隨著地球被太陽吞噬。經由非單純推展而流動的物質，集中在一個地方，變成一塊巨大的金。在自然現象中，不會產生那樣的金，它可以說是某種意志介入的證據。

直到很久很久以後，變化降臨到這個金塊上，那是某時遠方的巨大彗星飛來造成的。主要由鎂形成的巨大岩塊撞擊上來，金塊裂成粉碎，被衝突削弱推進力的彗星也四分五裂，停留在現場。幾塊金塊飛向遙遠的彼方，而曾經被稱為太陽系的空間中，鎂與金開始交互旋轉，這是這個空間睽違已久的大事件，當然後來還會持續變化。像是以奇跡般的機率沒有撞擊任何物質、直接通過該空間的極小彗星，或是吸走大量金塊逃走的小偷彗星等，說起來可沒完沒了了。
至於太陽，就說到這裡。

行星

Title〈Conclusion 2020〉

From〈Yozoh, Uchigami〉2014/4/7

To〈Dr. Frederick Carson〉

幾扇門響起了敲門聲。一是東京代代木進行尖端醫療的綜合醫院，一是悄然立於伊斯坦堡壯麗寺院旁的老朽公寓，以及加州聖荷西創投公司的董事長辦公室。它們都是不折不扣的轉機，但是敲門的人大多沒有自覺。雖然這誘因引發的連鎖，可望走向更好的狀況，但是他或她只是視當場的方便順手敲門。當然，終究這是從比喻的意義來說，實際上也有人用拳頭敲門的，而且現在溝通的管道十分發達，也有人打電話、寄電子郵件，或在臉書和推特上傳遞訊息。

一切從敲打掉漆的鐵門開始。伊斯坦堡歐洲側的舊市區，有個男人在蘇萊曼尼耶清真寺附近小坡上的巷子裡獨居，原本有三個人同住，但是一個人受不了和阿巴斯·阿爾干同住而搬走，另一個人把借款推給阿氏，自己跑了。

阿氏正獨自重新研究教典，冷不防的敲門聲應該震動了阿氏的鼓膜，但是他並不認為它與自己有任何關係。與阿氏有關係的，應該是正確記載世界狀態的教典——實際上那是阿氏自己寫的，但對他本人而言，那是至高無上者讓他寫的；或者說挖掘出太古逸失的古冊記錄下來的感覺——言詞的詮釋。例如，就「禁忌」一詞，就「統治」、「必須打倒的敵人」、「必須克服的軟弱」，他必須一字一句慎重的精讀，重新謄寫，在教義展現應有的樣貌之前，阿氏絕不放棄。隨著執拗的敲門聲後，激烈的叫罵聲同樣震動著鼓膜，但是阿氏沒有絲毫反應，了解阿氏對教典專心程度的人，可能不值一驚吧。對阿巴斯．阿爾干來說，從剛才一直在腦中複誦關於「王」所寫的詞句，比起現實災難的預兆更加重要，但是那是阿氏的價值觀，與門外的造訪者無關。敲門的討債公司，是透明人其中之一，因此，他的思緒並沒有傳給我，但是，雖然說他是透明人，可是從聲音可以聽出他的煩躁。男人的聲音隨著敲門的震動迴響在房間裡。喂，老兄，你在家吧？別再躲了，快點出來面對。確實，也許錢不是你借的，但是，我這裡的合約寫得明明白白。喂，老兄，也許上帝是禁止利息沒錯，但是，敵不過這張紙啊，我也很麻煩哪，還得到你的家鄉。

阿巴斯．阿爾干正在審讀就「王」這個字而書寫的文章，驀然抬起眼睛，那是因為討債公司的人冒出「阿拉」（上帝）這個字。阿氏對這個字產生的激烈反應，就像電影《回到未來》（*Back to the Future*）中，「雞」這個單字打開了米高．J．福克斯飾演的主角憤怒的開關一般。阿氏投入伊斯坦堡中奧的反對運動之餘，讓第一個室友失去耐性，而他未參加弟弟的喪禮，遭到父親宣告斷絕關係，都是因為這個字。阿氏像被一條透明的線拉著，朝著這個字的起源走去。打開傷痕累累的門，討債人一臉意外的面對阿氏。

於是乎，阿巴斯・阿爾干的冒險開始了。參與這場冒險的其他人——例如在矽谷中央的聖荷西，設立加州辦公室的史丹利・沃克，收到了一封電子郵件，是行銷部主管寄來的。依據史丹利・沃克的標準，他的下屬，這位副總經理只要再犯三次中規模傷害的過失，或是再犯一次大規模傷害的過失，就會被開除。但是，史丹利・沃克並沒有把這件事告訴他和周圍的人。

副總經理的郵件是有關日本電視臺邀訪的事。沃氏是享譽世界的ＩＴ業界革新經營者，來自世界的這類邀訪可說不計其數，通常絕大多數都被他冷冷拒絕，但是偶爾也會毫無緣由的接受採訪。這次副總經理得知他同意邀訪，並不特別吃驚，他早就習慣史丹利．沃克的獨斷獨行，對沃氏出乎預期的言行，完全沒有任何反應。這種習慣造成的缺乏智慧，沃氏都算入「小規模傷害的過失」，但是副總經理當然不知情。

反倒是提出邀約的赤井里奈對沃氏應允感到驚訝，這個節目在年初改組後才開始，大家討論出「由那位貓杓亭大目鮪向史丹利．沃克提議新產品」企畫案，而由身為助理導播的她向史丹利．沃克經營的 Knopute 公司發出邀訪郵件。這個企畫案是深夜會議中，快要過勞的資深企畫腳本寫手提出的。不過追溯起來，很久以前貓杓亭大目鮪自己就提過這個點子，其他組員依稀記得貓杓亭大目鮪的言論，在深夜腦袋昏沉的每個人聽來，這個企畫案顯得非常有吸引力。

Knopute 應允受訪，最為難的是貓杓亭大目鮪本人。他的口頭禪是：「千萬別相信我說的話，因為那些話都沒經過大腦。」但事實上，很少有人像他那樣偏執的記住自己說的話，他把一切全賭在搞笑藝人的工作上，而且認為那是上天給他的使命，如同短跑健將豁出人生，賭在零點一秒以下的成績，他也再三琢磨技藝，以便在有限的尺度中，取得最大的笑點。但是，對這個冬天開始的節目，他已經找不到改善的空間，也失去了熱情，正琢磨著如何結束節目時，竟然從製作人那裡知道，自己開玩笑提的企畫已在進行中。雖說這節目冠了自己的名字，但是將沉的船不能慢吞吞的拖時間，看到製作人因為世界知名的大老闆答應採訪難掩興奮之情，這位大牌藝人暗自氣惱。

企業大亨史丹利．沃克考慮著行銷部副總經理的待遇。握有權力掌握他人命運的快感，對沃氏而言，只不過是與食欲或睡眠同等級的欲望，權力具有惡魔的魅力這條箴言，他從未天天銘記於心，只做到保健身體，不要罹患成人病，或者不要貪圖睡眠，把身體搞垮的程度。史丹利．沃克放棄思考自己的統御力，一面喝著咖啡，一面回想副總經理討人喜歡之處，然後第一次打開他轉發來的郵件。在開頭的ＦＹＩ（供作參考）之後，寫道：「日本最大牌的喜劇明星說，想向你建議新產品」。這是Knopute公司第一次接受日本喜劇的單獨採訪，沃氏啜飲著咖啡，一面斟酌採訪大綱，然後驀然想到，在這個場合宣布「完美產品」的資訊，也許是一種樂趣。連模板都還沒有完成的「完美產品」需要花相當久的時間才能普及，但若是在世界最有名的日本喜劇上宣布預告的話會怎麼樣？這將會是與過去企業戰略截然不同，若無其事、落葉般的訊息。

採訪的準備緊鑼密鼓的進行著，與貓杓亭大目鮪的焦慮背道而馳。聽著製作人說明完向史丹利．沃克建議的細節後，貓杓亭大目鮪露出人稱「不說笑時的大目鮪」表情和聲音，像是為組員們考慮似的說話，那模樣絕不是為了將沉的泥船多費心力的貓杓亭大目鮪。

——所以，今天的郵件到此也該收尾了。也許一開始太發奮，雜七雜八的寫了太多。

Title〈Conclusion 2020〉
From〈Yozoh, Uchigami〉2014/4/8
To〈Dr. Frederick Carson〉

好，那麼繼續。

阿巴斯・阿爾干和史丹利・沃克大展身手是很多年後的事，所以，目前當下可以把他們先擱在一邊。

我現在必須認真應付的對象，是我那可愛又麻煩的病人之一長谷川保先生。他從診療室走出去就沒再回來，剛才護士來通報，他好像把自己關在多功能洗手間裡。世界上任何時刻、任何地點發生的種種事件，都會／已經／未來將成為契機，但是現在輪到我必須呼叫長谷川保先生。我走向洗手間，用右手中指第二關節，朝著乳白色廁所門毛玻璃正下方敲了兩下。眾議院議員長谷川保總是瞞著祕書來這家醫院看診，不知道為什麼，他每次都要把當天的行程一一告訴我，也許這是一種職業病，身為精神科醫師的我在自己專業領域，使用這麼定義模糊的字眼，也太不專業了，但是，硬要分類的話，可以說是強迫症所導致的行為吧。不管怎麼樣，我只知道三十分鐘後將要召開一場會議，而擔任主席的就是他。此外，我也知道三分鐘後，長氏從洗手間出來，若無其事的回到診療室，整理好儀容，跳上計程車，晚五分鐘到達會議的話，會被解讀為雄心勃勃的政治人物因為事務太忙而遲到。但是我並不能就此停止呼叫，雖然明知不能停止，但是又不知道會有什麼結果，我甚至覺得好像一連串的流程都已經注定好似的。所以，我不斷的敲著，但搞不清敲門的是我的手，還是我的意志。世事就是這麼回事，雖然始終都只是我的想法。

下午看了六個病人，寫了處方箋，結束了診療，傍晚要開會，我任職的十五層綜合醫院，位於大江戶線新宿站徒步七分鐘的地方，一樓到五樓是各科診療室，最上層安排了會議室等辦公用空間，與ＶＩＰ專用的特別病房，四樓是機械室，六樓以上是一般病房，以及復健中心。從我所在的五樓精神科進入電梯的只有我一人。以前，院內到處充滿了消毒水甲酚的氣味，但現在已經不使用了，添了一層乙醇和塗在傷口切開處的碘系消毒液味道。

隨著電梯上升，超過隔壁大樓的高度時，視野豁然大開。從玻璃帷幕的大樓縫隙間看得到明治神宮外苑的綠，隱約瞧得見國立競技場的白色屋頂。

一進入會議室，只來了三個人。近二十名醫師組成的醫局會，精神科有我與六川恭子女士兩人，其他則是腦神經外科、小兒科等不同科的醫師參加，有時配合議題，也會有資訊管理等其他部門的人參加。雖然召開的時間在診療時間結束後，不過幾乎從來不曾按照預定時間開始。兼作挑剔的主任級大醫師跑腿的事務職員已經到了，應該說，來的三個人中有兩個都是。最近新來的事務員伊村先生，對進屋的我行注目禮，同時將會議用資料遞給我。

伊村先生心裡瞧不起這家醫院的大多數醫師，認為他們閱歷淺薄，但是，他卻一反本性，態度極其卑下，他之所以採取這種態度，與他中小學時代以神童馳名，考上明星高中後，成績卻跟不上的經歷有關。三分之一的同學考上醫學院，另外三分之一去了東京大學或京都大學，剩下的後段學生大多上了早稻田大學或慶應義塾大學，而哪一間都沒考上的他，落到最下層接近底部的位置。從那時起，上醫學院就讀的同學就成了他嫉妒的對象，然而他刻意換到這家有很多大學醫院派遣醫師的醫院，全是因為他依舊對高中的挫折耿耿於懷。他的卑躬屈膝，在家庭中造成了不和，不過那是後來的事，伊村本人現在應該不想知道吧。總之，我什麼話都沒說，接過資料，老老實實的就座。

預定開會時間過了五分鐘後，人們陸續到齊，十五分鐘後才終於開始開會。按理事會的通知，報告了本週預定的手術件數、病床占有率與迴轉率、預算的執行狀況、調整適當的護士配置人數等等。報告幾乎是由事務職員宣讀，即使是各科的報告文件，雖然記載著主治醫師的名字，但文件本身都是由事務職員撰寫。

朗讀報告聲從耳旁流過，我的意識試圖與距離這裡約四五九九公尺、正在議員會館某室開會的長谷川保同步。於是，我的意識就如同我是我自己般，穩固的與長谷川保的意識重合，我用他的視野視物，用他的皮膚感受空氣，但是他的意識或身體並不能由我的意志掌控，我只是附著在他身上。他參加的會議，比起我現在開的會，似乎更有趣味，長氏被執政黨視為前途無量的政治新星，正擔任超越黨派工作小組的主席，研究削減將來醫療費用的必要法令與政策。窄小的會議室中，成員多以四十多歲為主力，長氏沐浴在他們的視線中，談起了醫療行政的根本哲學。

「現在的日本，對醫療制度進行根本性的改革乃是當務之急。」長谷川保的聲音蘊含著堅定，與在我面前接受診療時判若兩人，「當然，沒有必要在與會的各位面前重複說明，但是，如果不能提升我國根基部分的油耗率，坦白說，我國將無以為繼。即使從報答諸位前輩開疆闢土的意義為出發，而且，為了我們下一代、甚至下下一代也能安定的生活，我敢老實不客氣的說，為了留下可以追求幸福的環境，有些事我們必須現在就做。」接著他又提及自己堅持的主張，這些話也許不太中聽：我們應該暫時以成本效益為優先，看清楚可能營運的路線，而在這個基礎上，思考建構一個可將不幸減至最少的安全網，這個順序如果搞錯了，整艘船都會沉沒。如果只重視人情，偏頗的視而不見，不幸的份量反而會增加。長谷川保字斟句酌的說著，以免光是一句話就可能獨自發酵，而打擊到政治人物。

長谷川保議員的口才，就如同阿巴斯．阿爾干正在體會教典中「語言」的教義。根據距今六年後，阿巴斯．阿爾干前往東京前的記述，「數學、語言、音樂，這三種我們具備的能力，才是通往最終結論的路標。但是其中語言扮演的角色特別重要。」的確，如果沒有口才的話，既無勢力也沒有資金的長谷川保議員應該不會當選。順道一提，阿巴斯．阿爾干的教典結構是將某些具體的事物，如清真寺或帕德嫩神廟、小說或電影、免治馬桶等即興式的單詞串連，再就各別單字加以說明。例如，在「薛西弗斯的神話」條目下是這樣說的：

「一個作為永久重複的聲音，或迴圈函數顯現的神話。從神話中得到靈感的阿爾貝．卡繆的同名散文。雖然內容是『論徒勞』，不過如果從最終結論的關連來敘述，它只不過是基礎。該思考的是出口，出口與最終結論的關連性。」雖然他再三斟酌過想說的話，但這記述還是算不上太可親。不過據阿巴斯．阿爾干的想法，親切感往往會衍生誤導，所以盡可能直率的表達為宜。我與阿氏至少在六年後的東京奧運會場上見面，指出了教典的難解之處，但是阿氏仍不願改變他的態度，正因為貫徹始終的性格，阿巴斯．阿爾干才能早一步察覺史丹利．沃克向世人送出「完美產品」的危險性。——不過，哎，此話暫且打住，畢竟那是稍後發生的事，現在先擱著應該無妨。

我把焦點集中在我人生中現在的這個時期。採購最尖端的設備，可以進行高度自費治療，多位名人病患光顧的特別醫院——全世界待遇最優厚者撐起半邊天的機關。而理事會授權的會議，決定了這個組織想法的一部分，而我在該會議中敬陪末座。前定和諧般進行的議事，也許一切顯得消極，但都是不須討論，精選出來的議題。我與六川恭子女士目光相對，她的眼神在說：認真開會啦。

雖然我不太會形容，不過我明白，若要開闢一條路通往阿巴斯．阿爾干所說的最終結論，這個狀況便是基礎。

因為，我就是最終結論。

Title〈Conclusion 2020〉

From〈Yozoh, Uchigami〉2014/4/9

To〈Dr. Frederick Carson〉

「所以，什麼都不可以想。」

打著這封郵件的桌子對面，本日第一名病人述說著。他沒有工作，也沒有升學的意願，也就是所謂的尼特族。這位病人的腦中總是充滿了情感，他說起與暗戀的同班女孩幾次交談的對話，在游泳社遭疏離的記憶，對周圍從「去死好了」的嘀咕，到不斷向外膨脹的敵意和自我憎惡；看不清未來的不安；這種類型的心理潛伏著某種信念，壓倒了他的內心世界，也就是思覺失調症患者中常有的「自己的想法必須每二十四小時實現一次」的信念。與它的強度相比，他二十年來的體驗和記憶等只不過是不值一提的噪音。

聽他說話告一段落，我斟酌著藥劑分配寫下處方箋，交給護士。不管怎麼說，這門行業到開藥為一個階段。為了提高工作效率與品質，不論哪個行業都有所謂的要點，我在醫學院念書時工作的男公關店，學會了客人回去時一定要補上一句話，好吸引客人下次再來光顧。不管史丹利・沃克經營的ＩＴ企業，貓杓亭大目鮪鑽研的笑點，當然各別都有最適合的業務模式。抓住重點完成業務，依循前面的案例，就能讓全新的產品流通，產生笑點。若以我的工作來舉例的話，譬如，讓自殺的人成功維持在活著的狀態。但是，你在當下能說這是對的嗎？我也不太清楚。

為了保護困在一心想死的念頭而成為弱者的男女，這些人所屬的國家或社會把餘力都分配給他們。身為最終結論的我，除透明人以外，了解幾乎所有人的思想、過去或未來的經驗——即發生在人類身上的事，所以，當然可以追查各式各樣政府單位的權力運用方式。世界付出莫大的成本，讓日本這種先進國家支持每一個精神病患者。這個國家為了保留付得出成本的餘力，衍生出許多欺瞞和謬誤，我卻覺得它極其精緻，也許應該說這是身為最終結論的悲哀。再認真的凝視下去，我的精神也無法維持下去。若讓阿巴斯．阿爾干來說的話，可能會是「所有人不可以轉開目光，即使是置身在貧困悲慘環境中、體現高濃度不幸的人。」那麼，我該怎麼做才對呢？也許我應該在六年後東京奧運的會場，直接請教阿氏。

如果從我在診療室狼吞虎嚥病人家屬送的山菜糯米紅豆飯的此時回溯，大約是十年前，阿巴斯．阿爾干從安納托利亞東南部來到伊斯坦堡。阿氏直到兩年前，一直都是個勤奮工作的人，他在辭去工作之前就開始撰寫教典，而且放在包裡隨身攜帶，以便隨時想讀就讀，或者補注修正。但是最初這只不過是為了紓解工作中承受的壓力罷了。阿巴斯．阿爾干工作的地方，是個將歐洲、美國、日本等的系統開發，切出一部分進行所謂「離岸開發」的業種，當然，這種事業，若是發包方與承包方國家之間沒有薪資差異的話就無法成立，它的賣點就是成本低廉，所以，許多專案都是將資源用到一滴不剩，即使專案成員保守的表示，時程有可能延遲，也會遭到嚴厲處分。主管缺乏調整能力，被迫胡亂變更規格，工作繁重，專案成員一一掛冠求去。阿氏所屬的部門，從企畫中期開始天天通宵趕工作，呈現出所謂的爆肝樣貌。

阿氏辭去工作前的幾年，接到的專案無不嚴苛，絕大多數都是客戶Knopute公司發包的案子。Knopute老闆史丹利．沃克在發包工作時，都會附上一句「請同一組人製作」，但是單憑這句話，就確定了阿巴斯．阿爾干必須置身地獄最短半年、最長一年以上。如果是阿巴斯．阿爾干以外的人受到這種待遇，別說完成專案，恐怕不是精神就是身體失調，需要找我這種精神科醫師開處方箋了。但是阿巴斯．阿爾干接手的話，就不會落入這步田地，他能迎合史丹利．沃克要求的品質和挑剔，以與生俱來的強韌精神和體力，連日熬夜和導正作業，克服成員們的牢騷和離職的人手不足，持續的完成專案。

事實上，阿氏在專屬狀態完成史丹利・沃克的工作中，他終於看到了上帝的身影。那是在地獄般的勞動環境、同事的合作與背叛、阿氏的責任感等混亂而疲困的心靈所展現的阿氏獨有的神的身影，對阿氏來說，那似乎就是一種啟示。

Title〈Conclusion 2020〉

From〈Yozoh, Uchigami〉2014/7/23

To〈Dr. Frederick Carson〉

從上一次的通信已過了三個月，但是我寄的郵件，費德列克・卡森先生一封也沒看。然而，不能總是歸咎於卡森先生太粗心吧，因為傷腦筋的是我的郵件會被判定為垃圾郵件，自動歸入垃圾桶。不過卡森先生牢記著，任何枝微末節都有被暗算的危險，所以他早就設想到會漏信，因而保留垃圾郵件以防萬一。未來的路還長著，姑且繼續寫吧。

上次的郵件中談到了拜訪阿巴斯．阿爾干的契機，但就如同阿氏把見到神的身影當作啟示，而辭去了工作；人對事物的解讀天差地別，每件事都被賦予了動機。那麼，「最強人類」是怎麼樣呢？例如，對費德列克．卡森先生而言，決定消除過去記憶的契機是什麼？或者，這位熟知記憶會產生倦怠或躊躇的先生，決定保存記憶的最佳年限是五年的契機又是什麼呢？

至於我，我沒有任何契機。從出生的瞬間，我就是「最終結論」，在牙牙學語之前，在只懂得哇哇大哭的時刻，當然現在也一樣，自始至終一直是最終結論。但是，我不認識其他這種人，所以即使讀過這一串郵件，若是連我這個人存在與否都懷疑，也很合理。

總之，現在我與相熟的同事六川恭子女士共進午餐，我連同托盤，把餐廳的套餐帶進女士的診療室去。我吃的B套餐主菜是青椒肉絲，另附上一小碟兩片梨和柿子，還有羊栖菜。因為是醫院的伙食，味道和菜色暫且不論，至少吃得放心。

今天，我把阿巴斯．阿爾干說成我負責的病人，轉述給六川女士聽，她既沒表現出有興趣，也看不出不耐煩的樣子。啜著茶杯的熱茶，挑眉看著我問：「倒是從剛才開始，你到底在打什麼？」我放下剛才打郵件給費德列克．卡森先生的手機，蒙混的笑笑，然後繼續說著阿巴斯．阿爾干，「那個病人行動力相當強，原本就是優秀的技術師，也很有領導力。」

六川女士喝了口茶潤喉，發出小小的咕嘟聲，用眼神示意我繼續。

「例如，申辦二〇二〇年奧林匹克的反對運動，他就相當強而有力。」

「那真遺憾，他一定很沮喪吧。」

「呃，怎麼說呢。不過，會有那種結果好像也是注定的。」

「嗄？什麼意思？」

「據他說，萬事萬物都早有定論，而且他好像認為一直寫教典，可以將它挖掘出來。」

「喔，原來如此，也就是說……」桌上的內線電話響起打斷了她的話。女醫師在講電話的時候，我環顧著診療室，這診療室的結構跟我的完全相同，但是放了一張女士愛好的皮製躺椅。這家醫院並不施行自由聯想法的診療法，所以這張躺椅純粹只是裝飾。六川女士的經典笑話：不介意的話要不要躺躺看，我總是懶得回她，但是與透明人的她對話，有種莫名的新鮮感。六川女士放下話筒後，我們又隨意閒聊了一會兒，我說起兩天前在朋友邀請的聚會上認識的女子，六川女士從頭聽到尾。

這麼說來，六川女士是我熟人中，唯一一個透明人，但我沒有辦法證明它。什麼樣的人是透明人呢？我覺得它似乎完全沒有規則，並不是因為優秀、美麗，或是背負著什麼樣的命運，不是那類的特質，我感覺得到，他們就只是單純的透明人。

所以，那個到阿巴斯・阿爾干家敲門的討債人是透明人，大概只不過是巧合。

Title〈Conclusion 2020〉

From〈Yozoh, Uchigami〉2014/7/24

To〈Dr. Frederick Carson〉

討債男拿來的借據內容，阿巴斯・阿爾干記得很清楚，因為在前室友請求他簽字之前，他把借據從頭到尾看過一遍。他將文章分解成文節、單字，仔細咀嚼的讀過，阿氏想要確認的，是文章具有的語言力。即使它的內容是如何依法具有約束性，但是這些定型的文字連接，既無意志，也無氣魄能打動阿氏個人，對阿巴斯．阿爾干來說，這就不算有力的文章。不管它規定多高的利息，不論它載明無可抗辯的連帶保證，都不足以恐懼，為了安慰陷入恐慌的室友，他毫不猶豫的在這種程度的文章上簽了名。

但是，討債人以借據為依據，逼著他還錢，來討債的男子儘管懷疑對方神智不清，還是軟硬兼施的說明阿巴斯．阿爾干必須還錢。

「好吧，我明白了。」

聽了阿巴斯．阿爾干爽快的回答，討債男表情和緩了下來，因為眼前的瘋子終於承認他有還錢的義務，把他僅有的錢交出來吧？不過遺憾的是，阿巴斯．阿爾干理解的完全是另一回事。

「那麼，隨你處置就行了吧？剛才你說，用水泥把我的腳封起來沉進金角灣，將我屍體的一部分送回給我父母，或者去我家人的工作處或家中要求他們還錢。既然你說要我從中選一種，你就會照著做，那我同意，你就做吧。」

後來，阿巴斯・阿爾干先生的下場如何？從結論來說，雖然討債男把他打得遍體鱗傷，但是並沒有照著在門前嗆聲的那樣殺了他，而是把他押上豐田RAV4，載到黑手黨的辦公室，按照阿氏的特性，詢問他的經歷，以便找出還錢的方法，最後把他送進系統開發公司。對脅迫毫不屈服的阿爾干，雖然認為教典的文字勝過一切，但諷刺的是他的復職意味著又得回到地獄，也就是他看到上帝的契機。總之，他又得背起史丹利・沃克交下來的嚴酷難題。

今天我也到六川恭子女士的診療室去玩，與六川女士談起史丹利・沃克對阿巴斯・阿爾干開出的嚴酷難題，告訴她史丹利・沃克還沒有確定構想、現在正祕密朝著模板持續測試的「完美產品」。

史丹利．沃克想為世界製作出終極產品的野心，來自於沃氏天生的控制欲。由於幼年家庭環境不穩定，阻礙了他對欲望的自然滿足，所以，他的性格逐漸流露出以「都是為大家好」的臆想作為權宜手段。追求終極的想法，隨著年紀漸長而變得尖銳，現今 Knopute 的獲利大多也投入完美產品的開發。在對六川恭子醫師說的時候，我也採取「這是我某個麻煩病人的妄想」的模式，於是六川醫師也像在傾聽病人訴求般，適時的附和回應。

史丹利．沃克正在聖荷西的 Knopute 總公司，接受日本女藝人的專訪。他交替著理性的自大與開朗態度，盤算著日本人喜歡的回答，沃氏按捺著演說「完美產品」的衝動，玩味著拐彎抹角的快感。他想像著日本大牌藝人以詭異的諂媚眼神表達平庸的提案後，他若切入重點的答道：「的確很有意思，不過，我還有個更有趣的主意。比如說——」那麼世人會怎麼想？認為怪人史丹利．沃克終於發瘋了？還是解釋為讓世人狂熱愛上下一個產品的預先暖身？抑或認為肯定是一流的行銷手法？

現在早已普及的智慧型手機、平板電腦，Knopute 是最先大量生產到世面上的公司，因而被視為資訊業霸主。但是史丹利．沃克成立另一家公司，祕密進行開發的「完美產品」並不是純粹的資訊終端裝置，他快馬加鞭的進行基礎技術的開發，將與現實分毫不差的感官直接輸入腦中，不只如此，他還計畫將技術組合起來，應用在照護裝置上，可自動進行水分補給、營養補充和排泄物處理。藉由這些技術的開發，人類在接上「完美產品」期間，可以完全與現實世界隔絕，專心浸淫在裝置製造出的刺激中。史丹利．沃克的夢想是，把接上「完美產品」的人類腦波網路化，進行集中管理。這個產品只要接上身體，直到解除前什麼事都不必做，如果喜歡的話，甚至可以一輩子接著它，直到壽終正寢。暫時可能需要有人從外部管理，也必須累積專業技術，以應付例外的狀態。但是，如果維持生命包含例外處理，都能夠完全自動化的話，有一天世人都會成為這種產品的俘虜，人人接上這個產品，不就能共享同一個夢想了嗎？

「想必一定是個驚人的構想吧？能不能請您透露一點新產品的線索呢？」

女記者欠身向前等著答案。史丹利．沃克回報了一個篤定的笑容，就像距今四年後他對好友費德列克．卡森露出的笑容一樣。

「很抱歉，這部分容我暫時賣個關子。」

Title〈Conclusion 2020〉
From〈Yozoh, Uchigami〉2014/7/25
To〈Dr. Frederick Carson〉

「容我暫時賣個關子」，是我在當男公關的時候經常使用的臺詞之一。身為最終結論的我，除了透明人之外，幾乎完全了解人類所發生的事，即所有人類的思想、過去或未來的經驗，所以我也很清楚，什麼樣的女性會成為我的顧客。我的顧客年齡性格五花八門，不過她們同樣都擁有某種少女心，儘管與周圍的人相處得並不融洽，總還是拋不下「也許遠方有個只屬於自己的理想世界或異性」的虛無期待。當時的我靠著接待這類顧客，衝高業績，樂此不疲。

「你說的我懂，就是那個——最後結局？我也有那種感覺。很無聊吧，未來的事，大致可以想像得出來。」顧客中也有女士對我的話很有共鳴，把它當成一種玩笑逗我開心。

「是最終結論。哎，不過結局也行啦。」我笑著說，「正因為我明白一切，所以對每件事都很珍惜，從某種意義上來說，所有一切都早有定數，所以不知情的感覺有多大，過程的享受就有多大。到了我這個年紀，事情的大小已經沒什麼關係了。所以啊，有香子小姐……」

「唔？」

「剛才你幫我點了這瓶酒，我非常開心。」

我的姿色雖然沒有多高的水準，但由於擁有最終結論的能力，所以業績當然出色。男公關夜店的老闆武藏大哥當初看重我，把我當作鼓舞其他少爺的材料，後來卻又對我敬而遠之。武藏大哥有個頗有古意的名字，叫武田總一郎，他對自己的能力很有自信，尤其是突破力，是個會給自己胡亂設定超高門檻，從超越它得到快感的人。「不論搞得多亂七八糟，只要我出馬就能擺平」是他的人生觀，也是自尊。在當地最紅的同業對面開店，也是為了滿足更多自尊的行為之一，他從我身上感受到一種威脅，無非是因為我傷了他的自尊。從他的標準來看，我的長相水準、說話技巧、接待能力、氣質魅力，每一項都不值一提，他實在想不透為何我能有如此高的業績。不久，他開始懷疑：這傢伙難道比我更能臨機應變、沉著應付？

他為了這種事而想與我這個最終結論一決勝負，實在不是神智正常的人會做的事，但是，他不知個中緣由，也怪不了他啦。我不忍搶人家的地盤，所以默默離職，轉到其他家店，後來我在赤羽的男公關店裡，引出多名女客隱藏的少女心，讓她們頓悟，其中兩名恩客特別賞識，我便靠著她們賺取指名費，一面餬口一面繳清了醫學院的學費。從基本立場來說，我與顧客始終只在店裡來往，但是在赤羽時代，唯獨與一個女子有過深入交往。

就在診療間隔的現在，我接到了那個她的電話，桌上的手機一面震動，一面顯示出令人懷念的名字。

她是個熱愛電影的女子，交往之初她二十七歲，現在已經三十八歲了。我結束夜店的工作後經常泡在她屋裡念書，早上直接去學校，或者再到店裡上班。她是廣告公司的派遣員工，晚上也在夜總會上班，睡眠時間非常少，但皮膚卻奇跡的吹彈可破，而且她十分善感，總覺得有一天會失去它。

「誒，用藏，」當時她卸了妝，戴著厚厚的眼鏡叫我。我哼了一聲，表示我就在她身邊聽。

「這玩意好像你喔。」雖然很唐突，我知道她所說的「這玩意」是指我們看DVD電影裡出現的行星。不對，嚴格的說，是覆蓋整個「索拉力行星」、超越單細胞生物和多細胞生物，安定且永恆存在的海。

她的眼鏡鏡片上映著電視上的影像，在原著小說中，有學說將覆蓋索拉力星的海洋解釋為巨大的腦，但是人們不了解它在想什麼。熱愛電影的她並沒有讀過原作，不過她卻從塔可夫斯基的電影中感受到他的暗示，而認為我和它有相似之處。一個領悟一切，卻佯裝一無所知的、像是巨大頭腦的生物。

「只有你，規則設定不一樣喔。」

說這話時，她已預期到將與我分手，守舊父母的催促，而且同時有三個男子的追求，因而意識到自己的婚期。不管怎麼說，那都是十一年前的時候，表面上，她雖然多次反抗母親，但還是習慣按著父母期待走在人生路。雖然沒有說出口，但她在腦中呢喃：再見了索拉力行星，我必須回到地球了。

隔了十一年，她打電話給我，拿起舊式的折疊手機，懷著半信半疑的念頭，不知我是不是還用這個電話號碼。下午，她的兩個兒子都在附近小學上第五節課，剛剛接手家族事業的丈夫，為了減少流動資金，正在研讀設備投資的資料。不知從何時起，只要離開丈夫和兒子們，就沒法想像他們的樣子，反倒思念起在遙遠記憶中已被美化的我：說不定，我真正愛的人只有內上用藏一人，自己當初的選擇是錯的吧？她做好了心理準備，如果我接了電話，她就要說出實情，過了這麼久才能說得出的真心話，但是，就算我真的接了電話，她也說不出口吧，她也知道，現在心裡浮現的想法同樣是錯的。

震動停止，畫面轉暗，電話鈴聲一再響起時昂揚的興奮感還留著餘韻，一時間我只能裝著寫東西，無法叫下一個病人進來。

Title〈Conclusion 2020〉
From〈Yozoh, Uchigami〉2014/7/26
To〈Dr. Frederick Carson〉

錄製「貓杓亭大目鮪向史丹利・沃克建議新產品」的攝影棚，與我執勤的醫院直線距離只有兩公里不到。由於我們是最近的綜合醫院，所以攝影棚出現病人或傷患，幾乎都送來這裡。

貓杓亭大目鮪節目的一名工作人員赤井里奈，擔任史丹利・沃克經營的 Knopute 交涉窗口，也被送到本院來過。在某個以怪異時尚和科技音樂引起矚目的女歌手的現場活動中，她擔任引導員受了傷，直接住院的她進入公司才一年多，但已漸漸失去對工作的熱情。她原本一心想進入新聞部，卻被調派到綜藝節目，因而心懷不滿，聽老員工說她想轉調志願部門的可能性不大時，迷失了未來的展望。她是海歸女子，在不了解社會架構而產生茫然不安的助長下，一股「只能離職了，若要離職最好是越快越好」的念頭不斷驅策著她。

但是，過了三年，結束 Knopute 公司的採訪，向攝影棚提出退場指示的赤井里奈，已經把當初的愁悶忘得一乾二淨。注視著工作人員在收拾工具時，旁邊的史丹利．沃克叫住她，臺裡的工作人員中，只有負責專訪的女藝人和她會說英文。

「要不要偷偷告訴你呢？」

史丹利．沃克言下之意，是要透露新產品的情報嗎？她露出領導階層子女在美國高中培養出的圓滑笑容，應諾了一聲。這時正是她在日本組織中，度過菜鳥時代、束縛漸漸鬆綁的時期，曾經迫使她停止思考的壓力，加諸在更下面的菜鳥和承包商，也就是更弱勢的人身上。她的笑臉有些打動史丹利．沃克的心絃，而且他認為真正重要的話，應該在這種無預警、突然出現的空檔時講才對，「只是口頭上說喔。」史丹利．沃克如此一說，赤井里奈刻意誇張的左右看看，表示沒有人會注意他與自己說話。史丹利．沃克浮起與剛才她笑容足以匹敵的親切笑意。我會放在心裡的，請您儘管說。赤井里奈小聲的把臉湊過去。

說到「完美產品」這個名字，你們覺得會是什麼樣的東西？無與倫比的最好產品，究竟會是什麼？買到這種產品以後再也不需要任何東西，顧名思義，只要有了它就能活下去的產品。但是，人類真的會對某個產品完全滿足，靠著它生存下去嗎？如果可以得到無上的滿足感，那也許就意味著終結。帶來完美的滿足感，將之後的人生化為餘生的產品，我並不想製造這種商品，那應該也不是人類引頸期待的東西。雖然你們都放眼未來，然而一直以來我總是追求著某種不完整，但是我感覺還有拓展性的東西，也就是說，能帶來最完美滿足感的東西，不能成為完美產品。不如說完全相反，完美產品必須是永遠向人們展現出無限未完成狀態的商品。

ＣＰＵ為我們創造出充滿可持續發展的夢想，以前，將電腦創造的世界傳達到視覺的螢幕，都巨大得難以搬運，沒有顏色，只有綠色的命令列浮現在灰色的映像管上。而如今，任何人都把全彩、高解析度螢幕隨身帶著走，沒錯，你所使用的、敝公司的 KnowPhone 就是如此。如今，為了登入那個小電腦製造出的世界，你必須看著畫面，用鍵盤或尚不完美的語音識別系統輸入文字訊息，但是總有一天，我們不再需要那種費時耗力的中繼系統，將輸出入的裝置縮小到極限，使用者的腦波幾乎可直接連到ＣＰＵ創造的世界，而且完美產品也內建傳送營養的功能，可維持連接者生命，從極端來說，人已經沒有必要活在現實世界裡了。剛開始的時候，人們可能認為這只是部分好事者反社會性的遊戲，但是，如同沙灘的消長，變化確實正緩慢的發生。

看到赤井里奈不解的表情，沃氏愉快的想，她大概把自己這番話當成拙劣的科幻小說了吧，他一面也在想著其他的事。經由完美產品的問世，人們消耗的卡路里等能量，與這個行星恆常提供的資源呈現完全調和的狀態，在這均衡下，如果能夠讓人類意志所產生的些微變化持續下去，應該就能在調和的基礎上再一次建構新的世界。完美產品帶來的世界結束與開始——沃氏彷彿有種錯覺，知曉它已經發生過無數次。

「直接了當的說，就像是電影《駭客任務》一樣。你看過嗎？就是下腰躲子彈那部。也許其他也有類似的作品，反正簡言之就是那回事，但是，並不是被什麼統治，而是追求成本效益的結果，就變成那樣了。哈哈。」史丹利．沃克衝著赤井里奈笑笑，連個插嘴的機會都不給她就突然轉身走了。一面走，他仍然十分興奮的繼續思考，若想平均分配幸福，讓任何人都能平等享受，應該就需要這種激烈手段？包含我在內，住在富裕國家的肥豬，他們的煩惱本身、主張陳舊的個體想法本身，都只不過是單純的任性罷了。卡路里和時間讓屎一般煩惱的大腦運作，而它們都是經由某人可憐的血液供應的。所以，是的，我們必須轉移到新世界去，而我就能製作完美產品。你看，各位手中的智慧型手機只不過是達成該目的的過程。別擔心，當中所有的要素，每個人在新世界都能受到公正、平等、正確的愛。

惡魔：均衡的破壞者。明明握有通往象徵界的粗大線路，但把它丟在現實世界時卻故意將它扭曲，並以此為樂。悅耳的不協調音。隱藏誤用的接續詞。根據不準確定義的證明。虛假的最終結論。

當史丹利．沃克接受採訪時，阿巴斯．阿爾干正在編纂教典，喔不，是程式語言。對於高度在意討債生意的黑手黨來說，不管是把阿巴斯．阿爾干灌水泥沉進水裡，或是殺了他送回給至親，只要收不到錢都沒有意義。如果撰寫程式作業具有威脅效力的話，多少會讓他做做看。一個為了撰寫教典被父親斷絕關係的人，再怎麼敲詐，恐怕也擠不出什麼油水吧？不得不用挖苦的口氣說，阿氏性命的輕賤救了他的性命。

優秀的黑手黨也兼作職業仲介，眼中只有利益的他們，注意到阿氏寫程式的能力和開發軟體的現場指揮力，黑手黨將他送進有出資關係的軟體開發公司，要他從事難度高、期限短的工作，扣住大部分收益與他僅有的工資。阿爾干的生活永遠只在黑手黨準備的單人套房與辦公室往返，白天修改設計書、檢查開發的進程，代替淘汰或效率差的人員作業，回到套房後便打開筆記本，再三推敲教典。阿巴斯・阿爾干的右手中指反覆長了繭又磨破，與他的信仰同樣堅固不移，他沉浸在法喜中，度過沒有選擇餘地的日子，在難以分辨昨日與今日當中，他尤其專注於關於「時間」的教義，寫了又擦、擦了又寫，腦中總是環繞著尚未定論的內容。他思索時間，思索思考的密度與時間的關係，甚至有一瞬間，反倒把它當成什麼都沒想，真正捨棄了雜念。他也把這種時候的感覺寫進教典，不久又轉念認為它是錯的，而將它擦去。

某一天，他領悟到他與自己負責的系統開發案，有了共通的調性。他直覺，那些專案都是植基於某人的企圖心，以此為元素建構出一個大體系，他感受到它源自於強大的意志，幾乎可以稱之為傲慢，阿爾干可以想像出個別專案連結形成的整體面貌。

總之，阿巴斯．阿爾干想像出史丹利．沃克「完美產品」的完成圖。

由於「完美產品」是史丹利．沃克暗中進行的祕密開發，所以發包各工程時，不使用原有的發包管道，但是承包的美國企業又再次發包，中間又隔了一間公司，以至於工作全都來到阿巴斯．阿爾干手上。阿巴斯．阿爾干感受到發包者史丹利．沃克構想根基的邪惡，因而構思出教典中關於「惡魔」的條目。在平靜不變的恍惚日子裡，突如其來的波紋擴散，惡魔這傢伙，阿巴斯・阿爾干低聲道，既然發現了他的存在，就不能置之不管，在「必須打倒的敵人」項目中，確定包含了「惡魔」這個詞。

於是，他的目的地是東京奧運會，有聖火的田徑場、夢之島，以及慘劇。有太多事必須告訴大家，但是，當然除了我最終結論之外，此時還沒有人知道。

Title〈Conclusion 2020〉

From〈Yozoh, Uchigami〉2014/7/27

To〈Dr. Frederick Carson〉

最終結論並沒有好壞之別，它只是個單純的事實。如果照熱愛電影的前女友的說法，我的那種性格，對照索拉力行星：

「可是你的規則設定得不一樣喔。」

「那當然啊，任何人都有不同的世界觀吧。人與人的交往不就是將各人的觀點漸漸融合嗎？」

當時，我的確想把它歸納為極普通的分手對話。她一言不發的注視著我一會兒，垂下眼睛思索起遙遠的虛構行星。被思考之海所包圍，雖然活著卻又放棄活著、如同行星本身的生命體，不論是生命的最終形態，還是單純有機組成的膠狀物體，反正是虛構的，可以有各式各樣的說法。但是，不管怎麼樣，行星就在那裡，說不定它也正在想些什麼，不能排除這種可能。

不用她提醒，很多人在我身邊都會覺得不自在，或是失常。一般人並不像我這樣，他們不知道別人之前／現在／以後在想什麼，累積起來就是他們不知道以前發生過什麼／現在正在發生什麼／未來將會發生什麼事。

到目前為止，除了透明人之外，我可以窺見相當多人的內在，但是我這種人一個都沒有，雖然我無法掌握的透明人，很有可能與我的狀態相同。偶爾我也會覺得寂寞，那種時候，我就想向別人透露自己身處的狀態。

身為最強人類的費德列克・卡森——也就是你——聽著我的話，將會一手端著雞尾酒聳聳肩。那是距今四年後的二〇一八年七月二十四日，為東京奧運招攬的醫療支援團的歡迎酒會上。

酒會前的國立感染病研究所說明會上，針對一般、境外移入傳染病的狀況，以及面對意圖散布病原體的監視系統提出報告，說明已建立了病例追蹤用的 web 系統。就在我和六川恭子女士為了日常業務外增加的這份 web 報告互相推讓的酒會上，你用結結巴巴的日語與我身邊的六川女士攀談。

被第三任妻子拋棄後，孑然一身的費德列克・卡森對女人甚為飢渴，而六川恭子女士正好合乎他的胃口。然而，對卡森先生而言，遺憾的是，六川女士結束敷衍的客套話後，就被熟人找去其他桌了。我遵從六川女士留下來的慣性，抓著敗興的你，試著繼續說了一會兒話。

在美國東海岸某國立研究所擔任顧問的費德列克．卡森，是世界環境生物學的權威人物，他年輕時所寫的《鐵與法、座標與溫度》讓他一舉成名，該書也成為經典名著。以我這個最終結論來看，書中雖散見小錯，但寫的大多都正確，不愧是後來成為最強人類的人。

我在對名聲不屑一顧、爽朗又善交際的費德列克．卡森本人，也就是你面前，具體列舉出著作的內容，加以讚揚。例如，國家體制形成的人口上限比例，以及該比例的係數——使用技術與法制想法的正確性等。在書中，卡森將某國的技術水準與法制化的精確度，以圖像分割出來，為各國標出等級，但是在撰寫的當下，其中A國家與地區為中央集權式的國家，人口上限為一億二千萬人，聯邦制的國家為三億六千萬人，比例維持在一：三。這套在修辭法上也被視為相當保守的推論，從結論來說是正確的，所以，我帶著微微的醉意，告訴了費德列克．卡森這件事。

習於聽到他人阿諛迎合或失準批判的你，對於一介精神科醫師不偏不倚的立場頗為吃驚，但卻不動聲色，只是有禮的說：

「您相當有自信啊，我真該好好效法。」說著，啜了一口雞尾酒。

但是，繼續往下說時，你開始對我一口咬定的口氣不太高興。怎麼搞的？這傢伙說話的口氣，好像一切都已有了定數，而且只有他知道一切的樣子？事實上就是如此，不過不太認識我的你，認為我是個奇怪而難搞的人，你還要很久之後才會了解我的本質，所以這個時刻，我們只要像一般人那樣，說些虛張聲勢或意氣用事的話就好了。因此，我用這種口吻說：

「我呢，好像隱約都懂了。」

「喔？您懂了什麼？」

「呃，反正就是結論之類的東西。所有的事物，從結論來說是怎麼回事，我好像有種懂了的感覺。」

「原來如此，可能它與禪的精神相通吧。」

「也許是。對了，Dr. 對禪有興趣嗎？」

「我有個朋友非常著迷。」

他口中的朋友就是史丹利．沃克。應該說，費德列克．卡森稱得上朋友的人，只有他一個。

距今四年後的這個時刻，我寄了無數封郵件，但是費德列克．卡森一封都還沒打開。雖然第一次見面的這天，在繼續這段微妙而不太相關的對話時，我稍微暗示了一下，但結果，他還是沒想到把被分類到垃圾郵桶的郵件找出來看。我是最終結論，就我這種人物存在的本身來說，對方就可能認為我很卑鄙，所以我總會在對方覺得太過分之前，就先告知，以示公平。儘管如此，費德列克．卡森完全沒有意識到我的顧慮，聰明的打斷對話，轉向其他人群，繼續高談闊論派對式的對話。我的麻煩病人之一——眾議員長谷川保就是在此時與卡森結識。

最強人類費德列克．卡森，腦中永遠同時思考好幾件事，他一面想著如何回答長谷川保表達的崇敬之意，同時思索著與奇怪精神科醫師的對話，並以視野角落追逐六川恭子女士連衣裙下的臀部、和幾年前離婚的妻子等等，其中占比最大的是「停留日本期間不管如何都要和日本女人上一次床」的願望。他緩緩的轉動著多種思緒攪和的頭，一面物色附近的女子，結果他成功的在場內找到一位伴侶，對方也在搜尋男人，彼此順水推舟的在當晚激戰數回，二〇二〇年，卡森為東京奧運相關事宜定期到日本訪問期間，仍保持著關係。如果當時卡森未能如願，一個人面對寂寞的夜晚，也許就會想起我故意纏著他所做的交談，然後找出這封信了。

如果真是如此，最強人類的你與最終結論的我，「最後對話」的趨勢也會改變。不過現在再想也於事無補。

Title 〈Conclusion 2020〉
From 〈Yozoh, Uchigami〉 2014/7/28
To 〈Dr. Frederick Carson〉

阿巴斯・阿爾干在後來的兩年內還清了債款，但為了找出以惡魔意志規劃專案的出處，他仍繼續工作，利用業務的空檔進行調查，也試圖搜尋在系統要求說明書上登載的發包商 Emosynk 公司，但是，遲遲找不到資訊。他登入D&B這家以為全世界所有企業編碼為己任的公司數據庫，發現總公司位於加州聖荷西、事業登記人叫做費德列克・卡森等，但是營業額與業態細節全部都不公開。

阿巴斯・阿爾干也在 google 上搜尋費德列克・卡森的個人資料。維基百科中以七千字說明的卡氏，看得出他是個典型的學識菁英，但是阿巴斯・阿爾干懷疑，他的經歷該不會是虛構的吧？該不會是想巧妙的隱瞞自己與想開發的可恨系統有關係吧？不對，或者那耀眼的經歷本身就是動機？令人感覺不適。阿巴斯．阿爾干在網路上訂購了費德列克．卡森的著作，一收到就開始閱讀，並且加深了他的直覺絕對沒錯的想法。

但是為求公平，在這個時期稱呼卡氏為惡魔並不妥當，因為費德列克．卡森幾乎還完全沒有參與史丹利．沃克祕密成立的 Emosynk 公司，而且在朋友要求下，他同意將名字借給沃氏時，只想到「史丹利又在搞些莫名其妙的事」，之後便完全拋在腦後。年輕時，卡氏只是在累積經歷上極盡小心謹慎，但評價穩固之後，對眼前出現的任何事物都想插一手，對卡氏而言，那只是他隨意允諾的請求之一罷了。

費德列克．卡森對追蹤者的存在渾然不覺，於二〇一八年在酒會上認識了已婚女子，後來又藉東京奧運相關工作之便，定期在東京私會。有人在維基百科上補充了「親日的卡氏對東京奧運的準備體制貢獻卓著」，阿巴斯．阿爾干讀到這段文字，便判斷卡氏停留東京異地時，比在美國更容易捕捉到標的。據阿氏在網路上的調查，費德列克・卡森只在國立研究機關兼任了幾個顧問要職，並沒有常任的部門職務。事實上，這時期的費德列克・卡森已無必要領取薪資收入，而且他在美國西海岸、東海岸以及夏威夷的住所都隱而未宣，所以阿巴斯・阿爾干訂立的方針可以說相當穩當。

身為優秀的技師，阿巴斯・阿爾干只要隨便瀏覽一遍各成員製作的編碼和資料，就能掌握專案的進度，並且下達迅速準確的指令。還清債款、黑手黨離去後，公司也沒讓阿氏離開，所以他順利存到旅行資金。

順道一提，阿巴斯・阿爾干從阿塔圖克國際機場起飛時，嚴格的說，應該是在阿氏視為對手的史丹利・沃克離開世間之後。

Title〈Conclusion 2020〉

From〈Yozoh, Uchigami〉2014/7/29

To〈Dr. Frederick Carson〉

昨天的郵件中，在告知阿巴斯．阿爾干先生的狀況時，不小心把距今好幾年後的事給說出來了。莫非我有點厭煩自己的最終結論性嗎？不過，也該開始談談更遠未來的事了。

費德列克．卡森與我爭論有關「治療的攻守」，這段過程出現在距今很久以後的「最後對話」中。在東京奧運開幕式兩年前的同一天所舉行的酒會上，我們初會的那次我也想跟他說，但是卡氏追著女人的臀部跑，對我說的話漫不經心，所以我只好閉上嘴，把加了藍色珊瑚礁（Blue Lagoon）的雞尾酒拿到嘴邊打混過去。自那日之後經過了漫長時間，來到「最後對話」的我，譴責費德列克．卡森將史丹利．沃克逼至自殺的過錯，試圖激起他的驚惶，但是卡氏表面上皺起濃眉，內心卻只產生如同誤差般極細微的漣漪。

這麼說好了，我在「最後對話」時拿的酒，與第一次見面時同樣是藍色珊瑚礁，這並不是我特別喜歡的雞尾酒，因此十分神奇。費德列克．卡森也許具有引力般的特質，能把他人隱藏的部分誘導出來，那特質若稱它「能力」太可恨，稱它為「魅力」又有點情趣不足。

想要無限簡單評論精神科醫師眼中的勝敗，其最大的失敗就是病人自殺。把「勝利」——即不須投藥就能使其康復當成目標時，你會以不失敗優先來治療呢，還是進行攻擊性治療以求痊癒呢？既然一旦失敗就沒有下一次機會，因此很難抵抗傾向保守治療的大方向。但是，把異戊巴比妥、碳酸鋰、溴西泮，或其他任何藥物組合起來，能讓病人在意識模糊下維持生物學定義中活著的狀態的話，在有效的狀態內至少沒有輸，但是，有時候藥物攝取量不斷增加、病況惡化到難以回頭時，就結果而言還是得認輸。史丹利．沃克也許就是這種治療方式的受害者之一。

況且，由於史丹利．沃克擁有龐大的資產和權力，自由裁量攝取應付一時的藥物，對自己病況的惡化毫不在乎。沃氏以自認的天職打下的江山，過於一帆風順，他只要看看部下上呈的報告郵件，就能把他們人生的展望和限度一覽無遺。沃氏曾經想過，說不定就是自己一手緊握這些人的人生故事，才能讓這家公司發展，成為資訊業霸主。他將人們擁有的認知和情感毫無保留的可視化，進而握在手中。首先是給予許多人高性能資訊終端機，那些不斷盯著智慧型手機螢幕、著迷於共享思考與感情的人們，本能的為他做好了事前準備。如果他們全體一塊兒連上完美產品，那麼我也許終於能夠明白自己真正想要什麼，自己之所以如此的原因、對任何人都感覺不到愛的原因、不明白人類為何存在的原因。必須逃出當下處境的強迫感，一直在壓迫沃氏。

「坦白說，你太脆弱了。」史丹利．沃克最後見到的人是他的朋友費德列克．卡森。這時候，史丹利．沃克雖然還能保持以往在業務上有天才、鬼才之稱的他，但是工作結束回到家之後，便對任何事都提不起勁，只是一味的吃藥沉睡。這時候他突然想起，好久沒和費德列克．卡森見面了，他想告訴卡森前些日子剛完成的完美產品模板。他想，兩人若能像在升級版懦夫賽局*6玩到一半，突然醒悟為這場荒謬劇大聲爆笑般，一起將這個產品結束該有多好。我說史丹利啊，現在這已經不是遊戲囉，未來你會看到的，不是對勝利者的讚美，只有愚昧者對你的嘲笑。

兩個好友世界觀接近，共通點也多，可以視為同類。但是，要我來說，兩人之間有著根本上的不同，即使有相同的主意，但付諸行動時，兩

6 譯注：the game of chicken，指兩個車手沿一條直線對向而行，在相撞前先轉向者輸，另一方贏，也就是「不要命的最大」。因此誰堅持下去，迫使對方轉彎就是遊戲的贏家。

人會有不同的選擇。例如，史丹利．沃克的下屬副總經理，儘管犯下大中小各種錯誤，在 Knopute 公司還是待在同一個職位上，當時正擔心著史丹利．沃克的健康狀況，如果他的主管是費德列克．卡森的話，早就因為失誤次數太多而被解雇了。同樣的，史丹利．沃克一直在追求中止收回完美產品運作的契機，但是費德列克．卡森卻鼓勵朋友大展拳腳。話說回來，費德列克．卡森就是不解，為什麼朋友在這個節骨眼上還在猶豫不前。

「你太脆弱了。」費德列克．卡森再次說，這次他帶著點自己的心思。如果再加把勁，也許會發生無法挽回的事，也許不會。卡氏興奮得起了雞皮疙瘩，不斷鼓舞朋友。「你太脆弱了，所以至今達到的成就，和今後必須完成的任務，可能都不適合你。也許你太成功了，而成功把你逼進了絕境。」他說的也許沒錯，史丹利．沃克想。沃氏想起年輕時去請求投資人投資的往事，自己當時如何的理性，而且毅力十足，就算粗俗沒品的事他也從不抗拒，當時他多麼能吸引、統御人心啊。他精心規劃的商業計畫絕對具有未來潛力，而且自己也擁有實現它的能力，九成九就快被說服的投資人向他問起出口戰略，他們投資的錢最後會以什麼形式回報？是讓股票上市、讓一般投資者以高價收買作為出口呢？還是讓既有大企業收買作為出口呢？

「出口戰略。」

史丹利・沃克接受費德列克・卡森緩慢的引導中，如此自語。我懂了，這就是我所追求的，不是這裡，而是另一個地點或時間，追求不是自我，而是更完美的身影。追求脫下糾纏不去的形而上限制，成為不受任何束縛的人，因此，才會告訴自己和周圍，用自己創造出的產品可以改變世界，而且比任何人都努力。而配得上完美之名的產品終於完成了，在體內平衡（homeostasis）狀態下，將人們連接起來，這麼一來，也許就再也沒有個體、地點，甚至是時間。沃氏的這個夢想，後來飽受「幾乎是肉之海」的批判，但是此時的他當然一概不知。

「但是，你不知道該如何處理連接完美產品的群眾、那一群人，所以應該已經走投無路。」費德列克・卡森凝視著好友不想承認的事，臉色嚴肅的繼續說：「內部的人也許會按照你的期望，唯唯諾諾的繼續連結，但是，如果再推動下去的話，最後只有你會被排除在外喔。這全是來自於與你的脆弱不相配的控制欲。現下我雖然沒有這個打算，不過，恐怕到最後，我也會被那群人拉攏過去吧。總之，只會留下你一個人，孤伶伶的留下來，被迫做出最後的決定。你說得好像那是你的願望，但那是騙人的，你最怕的就是這個境地，因為太害怕，所以才想盡辦法實現它。從旁看來，你這種行為既奇怪也不合理，但是你就是有這種傾向。」

費德列克・卡森說的狀況，清晰的浮現在史丹利・沃克腦海中，他感受到無聲的震動。

「所以啊，」費德列克・卡森露出阿巴斯・阿爾干從教典記載中想像、但卻完全吻合的惡魔笑容，「既然如此，不如讓我替你做吧？我來幫你完成你想做的事吧？如果你不介意的話，如果你無法再忍耐下去的話。畢竟你不是說過，歸根究柢，只需要一個人就夠了，能力相同或更差勁的人沒有存在的必要，不是嗎？」

費德列克．卡森眼睛一眨不眨的注視著史丹利．沃克。如果此時他能轉開目光的話，如果史丹利．沃克有這份從容和滑頭的話，應該會有另一番結果。

我升起一股近似哀傷的感覺，因為，此時，如果身旁的人不是費德列克．卡森，史丹利．沃克應該不會自殺。事情發展到這個地步前，史丹利．沃克的野心應該已經撞上現實之牆，開始緩慢的崩潰了。

Title 〈Conclusion 2020〉
From 〈Yozoh, Uchigami〉 2019/7/24

只是為了滿足自己的嗜虐性，更把它合理化，視為組織管理的一環。最後，這位職員在家人的懇求下到我這兒看診，剛開始時，他的想法是這樣的：

「明年東京奧運時，日本選手的獎牌數如果比上次東京奧運少的話，都是我的責任。」

從常識來看簡直難以想像，但是在他心中已把自己的行為與獎牌數用因果關係牢牢的綁在一起。雖然正是他的主管鼓吹這種因果關係，但他就像放進通電環中的小白鼠，已經無法脫離主管的思考框架了。

最須留意的是阿諛追隨者。最明顯的例子就是精神科醫師之流，他們可會說些你心裡想的、期望的事，乘機抓住你的弱點。為了確定有否打敗他們稱之為病的依賴感，你不就會一直去醫院嗎？他的腦中自行響起主管對他說的這番話，然後乖乖聽從。但是，這位公務員的有趣之處在於，表面上他好像聽從內化的主管聲音，但實際上卻又機警的伸出求救的手。總而言之，雖然對精神醫療抱持懷疑態度，表現出因為家人勸解不得不來求

診的姿態，但是他又想證明自己的狀態不是過勞，而是主管造成的職場憂鬱。雖然病人思考迂迴轉折，令人傷透腦筋，但是卻令人無法生氣。是的，坦白說，我並不討厭麻煩的病人。

長谷川保先生算是麻煩病人的代表，他工作時躁鬱反覆發作的狀態，對祕書也不隱瞞。主持所屬的協議會或委員會時，傾聽支持者的陳情，給該致電的地方打電話，讓難搞的對象找藉口說官僚沒把陳情聽進去，每一件都是踏實而謹慎的成果，而政治人物就靠它形成的背景展現出力量，不由得給人有實踐力的感覺，讓人覺得有事至少先聽聽他的意見比較好。輕鬆當選連任的他，展現出少見的活躍行動。

當話題集中在奧運上時，背地裡低調通過的法案或預算中，長谷川保尤其以不顯眼的方式，悄悄的通過了將會影響未來人類走向的ODA預算。因為那件事，現在長氏正在代代木的法式餐廳，與 Emosynk 公司的代表密

談。史丹利．沃克死後，名副其實成為 Emosynk 公司代表的費德列克．卡森，向他打探籌措公司提議的人道救援資金。費德列克．卡森帶著有助人類和平的語氣，說明在非洲高飢餓率地區，為了避難而引進完美產品的意義。

「議員，你在那次酒會中提到了成本效益，我也很有同感。總之，我們的產品在成本效益顯著惡化時，可以在調整上助一臂之力。」

「成本效益？」長谷川保複述，心中暗忖：我又在不知不覺間說了那個想法啦？「不好意思，我當時是在談什麼主題？」

「關於人類。」

「人類？」

「是的，人類的成本效益。是你的主張喔，你說，縱觀人類歷史，有幾個明確的目標：擴張生活範圍，增加人口。而近代之後發展起來的民主政治，其理想應該是萬民平等。議員，這都是你說過的話喔。」

這的確是長谷川保平日就在思索的問題。長谷川憂慮的是，一旦所有個人都走向平等，照這樣下去，社會或環境將無法承擔人類為繁榮與共存所必須付出的成本。所以，必定要有人來提高成本效益，維持持續性。

「但是，政治必須給予民眾幸福，對遠方外國的人也是一樣。」

「就是幸福啊，幸福無誤。完美產品送給大家的夢想，便是幸福，別無其他。」

長谷川保雖然不時提出疑問，但是仍然傾聽費德列克．卡森的話。不過，其實長氏正處在有聽沒有到的狀態，因為他的抗憂鬱藥吃完了。長氏走到廁所，拿出中度藥效的藥乾嚥。我按著長氏「依狀況使用」的期望，開了各種強度的藥，在這個層面下，我也算是貫徹了保守治療吧。

但是，長谷川保吃藥次數比處方更頻繁，而我剛好到那附近，心裡有點擔心，便走進兩人聚餐的飯店，讓服務生領我入座之後，立刻去了廁所。長谷川保還在裡面，正用手帕摀住嘴，一面伸手拿胸前口袋的藥盒。長谷川先生。聽我叫他，他循聲回頭，臉上略顯警戒，藥效開始出現，他的意識有些朦朧，但還是認出我是他的主治醫師，向我微微點頭。經過一輪巧遇熟人的定型化寒暄之後，我思索談話的題材便試著說：恕我冒昧，不過上星期報上登的專欄，寫得很好。謝謝。長谷川保說。出於職業習慣，他向我伸出手打算握手，但一時想起這裡是廁所，又縮了回去，露出苦笑。走回座位時，他想起我讚美的那篇專欄，寫的是人類應該有的幸福目標，投稿的目的是表明和正當化政治人物的立場，「包含我在內，住在先進國家的人，絕不能忘記我們的責任。說了不怕各位誤解，我們有追求『幸福』的『責任』，而不是『權利』。我們有這個義務。而且，幸福與個人的願望完全不同。」

總之，長氏說出了最終結論，建立萬民都不得不點頭、完全買單的方針，定下了唯一的幸福意義、人類應該得出的結論。在懂得尊重多樣個性之後，經過很長時間，敏感的人已經有所察覺：看起來大家抱著各自不同的意識，追求各人想要的幸福，但其實人類正走向最終結局。長谷川保選擇採取激進的手段，也許以政治人物而言，是種跨過界的行為。這時候，被費德列克・卡森說服的長谷川保製造了引進完美產品的開端。

但是，決定事物真正的肇始，並沒有外表那麼單純。雖然可以把這場餐會當作走向最終結論的契機，但是即使此時，費德列克・卡森沒有說服長谷川保，他還會採取其他的手段吧。既然如此，我們可以把開端定在史丹利・沃克與費德列克・卡森結為好友時，也可以定在費德列克・卡森把名字借給 Emosynk 公司時。另外，在史丹利・沃克自殺的幾天後，完美產品的模板送到董事長室時，費德列克・卡森對真的製造出來的完美產品大為驚訝，所以，這個時刻也許才真正可以說是肇始。總之，不論哪個時候都可以算事情的開端。

你也可以把它設定在工業革命，蒸汽機的發明，人類獲得了空前有效率且自律的動力。只要浮現一個方向，就會切磋琢磨、追根究柢，乃是人類的特性；一個大發明後，就會接連出現許多小發明，漸漸將坑洞填滿。我等也覺得何必這麼急著走向結論？但可能這種勤懇只是人類的天性，沒有確實的展望。

動力自動化之後，實質的力量價值便減少，接下來，大家把價值放在如何讓動力裝置更加有效率的使用。換句話說，事務處理的能力受到推崇，於是出現了所謂的白領型工作。隨著時代進步，PC上場，網際網路普及，更多處理變成自動化後，單純的處理能力開始受到輕視。這個傾向越來越加速，在評價社會人時，將企畫力、統御力與獨創性視為高等，但是這些技術也漸漸被解析、knowhow 化，所有事物的最佳解方到處流通，不久後判斷一個人的價值，就只剩下「能不能得到任何人的共鳴」這一個尺度了。也就是說，再普及的定理或法則，一開始應該都是任何人難以理解的事實，當有些異類指出神祕不可解的事情現象時，過於理性的人類便會個別的評斷他們。這是漫長歷史培養出的習性，人類永遠也改不了從某處尋得希望的特性。既然已經找到近乎最佳解答，偏執能不能導出真實就是次要問題了，大家在意的是偏執的強度，越是得不到共鳴、偏執度越強，大家對那個人物就越感到興趣。

費德列克・卡森成為最強人類後，想阻擋他的人大多數都是抱著深厚「得不到共鳴」的魅力人物。即使他們個性古怪，費德列克・卡森仍討好他們表現出認同感，與所有一致拒絕完美產品的人，不厭其煩的進行禪問答。

即使當有武裝恐怖組織出現，將完美產品的普及視為「人類母性的否定」，試圖解放連接完美產品的女性時，費德列克・卡森仍然對動亂本身感到好奇，企圖理解核心想法。恐怖分子強制除去部分女子身上的完美產品，將她們綁架回去共同生活，強迫她們用自然的方法生殖。恐怖分子的思考邏輯，是自然天理重於個人意願，這類服從恐怖組織首領獨斷的思想，雖然違反了過去培養起來的美好德性，但是對首領的向心力強大，組織的凝聚力穩固。

費德列克・卡森與首領接觸，在特別準備的房間中展開對話。在性別、年齡都變得模糊的世界，還執著於「母性」，這種偏執的根本還是來自於對完美產品的強烈抗拒。

「絕不能成為肉之海，不對，說起來，那種東西既不是『肉』也不是『海』。」組織首領如此主張，他認為連結完美產品的人們連肉都不是，而是類似無機質的燃料。原本的主從關係翻轉，因此所保障的人性等，也只是為了連結、維持人們到肉之海，也就是為了提高油耗的權宜手段。

可是，就連與善舉正面對抗的偏執，費德列克・卡森也都爽快的表現出贊同的態度，瞇起灰色的眼睛說：「我明白了。」

「那麼，我們重新製作裁決流程，今後在你們同意之前，任何女性都不會連結上完美產品好嗎？所以可以按照你們希望的分配許可，或者根本不許可也可以。一切都隨你們喜歡。這樣行了吧？夫人？」

首領的女人滿意的點點頭，接受費德列克．卡森的提議。她所率領的恐怖組織，直接成為女性專門的審查機關，發揮極佳的功能。因為期望連接完美產品的婦女們強烈抗議，剛開始時場面十分混亂，但是不久後漸漸平息，接近無限零的出生率也開始微幅上升。但是隨著時間過去，恐怖分子幾乎也都自然死亡，其中也有拒絕撤銷、沉溺於肉之海的人。在這場運動中生下的孩子們，雖然都由組織親自扶養，灌輸團體思想，但是大多數人還是選擇連結肉之海。首領的女人在既非失意也非絕望的境界忍耐了很久，看破自己的子孫將一人不剩後，在完美產品的外側自絕性命。

工業革命讓人類有了餘力，人的價值觀包括對人的評價標準不斷變遷的結果，過去視為有價值的事物消失得無影無蹤，強烈的偏執總有一天也會解開，之後只剩下平淡不驚的反應與不斷重複的時間。姑且不提程度，具有各自獨特性的人們，在一切都得到肯定之後，能夠忍耐多久的時間呢？有人輕鬆的忍過五十年以上，也有人十年都受不了。以費德列克．卡森來說，他早就料到自身的耐久力也有風險，所以定期消除自己的記憶，將保存期限定為五年。他的膽識和本領，令人忍不住想讚一聲：不愧是最強人類。進入二十一世紀不到二十年，就已把親近的朋友逼到自殺，結了三次婚，但每次都被妻子拋棄。

最強人類，費德列克・卡森。

惡魔：均衡的破壞者。明明握有通往象徵界的粗大線路，但把它丟在現實世界時卻故意將它扭曲，並以此為樂。悅耳的不協調音。隱藏誤用的接續詞。根據不準確定義的證明。虛假的最終結論。

虛偽的共鳴？引導到臨時住處的人？短樂曲。導向誤解的注記。悖論系函數。最終結論？

Title〈Conclusion 2020〉

From〈Yozoh, Uchigami〉2020/7/22

To〈Dr. Frederick Carson〉

東京奧運會期間，我經常趁著工作空檔看轉播。住院病人們一直盯著電視，員工們經過開了電視的房間或大廳時，也忍不住瞥上一眼，有時也會駐足觀看，有時是一面調整點滴，或是一面到病房巡診、一面吃飯的時候。四年一度的夏季奧運會，對年紀在某種程度以上的人，應該是個看慣的活動，但是想到離醫院僅僅兩公里的地方，將要決定人類腳程最快的男子、人類最擅長騎馬的女子、人類在水中移動最快的男子，難以言喻的興奮如同蜃樓般搖晃著整個東京。

貓杓亭大目鮪擔任主持的東京奧運特別節目，創下赤井里奈導播生涯最高收視率。日本電視界中，搞笑藝人的地位雖然不如前些日子風光，但是貓杓亭大目鮪的等級，還是受到相當的禮遇。對奧運選手懷著既憧憬又嫉妒的複雜情緒，貓杓亭大目鮪讀著腳本作家準備的各選手趣聞，模擬著在故事的哪個點下工夫。那是他獨特的暖身方式，正式上場時並非按照事前的設想發展話題，即使流程相同，終究也只不過是巧合。隨時擷取瞬間感受到的現場力學，形塑出普羅的大目鮪節目。對他來說，在節目中表演沒有腳本的搞笑話術，就等於一種比賽。

「開幕式即將開始，這位先生說他是從伊斯坦堡來的。先生，您覺得東京奧運怎麼樣？」

站在田徑場客滿的觀眾席前，被麥克風堵著的阿巴斯．阿爾干目不轉睛的看著鏡頭。這是將在後天播出的現場直播畫面，我會在代代木的運動酒吧看到這一幕，螢幕內的阿巴斯．阿爾干未顯出絲毫猶豫。

「好多人來到這裡呢。我在找的那個人應該也會來。」

畫面切換到攝影棚，貓杓亭大目鮪想把阿巴斯．阿爾干的「埋伏」，誤解成「相約見面」，列舉了「八公前」或「ALTA前」等約會地來引人發笑。但是又覺得停頓得有點久，便沒有開口，反倒是節目助理評論：「希望他能順利見到」，引起了小小的笑聲。

當然，就算是阿巴斯．阿爾干也知道，奧運會場不是個適合等人的地方，但是他有他個人的隱情，這不是可以開玩笑的事，如果貓杓亭大目鮪知道背後的緣由，也許也不會在此時把它當成笑點。不過，這也沒辦法，貓杓亭大目鮪與阿巴斯．阿爾干的人生交集只有這短短的一瞬間，即使他對阿氏毫無所悉，也不是什麼大問題。

然而，如果是這一年間終究還是沒發現我郵件的費德列克．卡森又怎麼說？不會成為大問題嗎？費德列克．卡森難道不應該更理解與他深刻相關的阿巴斯．阿爾干嗎？至少，卡氏應該深切感覺，他對阿巴斯．阿爾干有多麼不了解。

例如出身地。阿巴斯．阿爾干的家鄉在土耳其安納托利亞半島東南部，靠近敘利亞國境的馬爾丁省。從二〇〇六年起祕密進行開發，轉眼間就轉變成都市化的新城市，阿氏自視不凡的父親旁觀著舊市區規劃為觀光都市，便期望兒子能成為現代土耳其的菁英。「阿爾干家的男兒應該懷有未來推動馬爾丁進步的抱負。」「團體中的和諧雖然重要，但是忘了阿拉的教誨是愚昧的。」「不要被眼前的事物所迷惑，在學習與禮拜中找到喜悅。」這些都是自幼父親對阿氏的教誨。阿氏認真的將父親的話聽進去，不只是故鄉的村莊，他甚至決心推動全人類進步。阿氏殷勤的乞求當地穆斯林尊敬的烏理瑪*7和敘利亞正教會神父教他學習，每個聖職者都認為阿氏是個固執的年輕人，不想理會阿氏在信仰上所相信的爭議。

7 譯注：伊斯蘭教的學者。

其實，阿巴斯·阿爾干的父親只不過希望他善於鑽營，找份政府的差事，拿到一個值得炫耀的近代化資格後，回到故鄉建立扎實的生活基礎，就像任何國家的父親期望孩子得到的短淺成功。但是，阿巴斯·阿爾干與父親根本不是同類人，不論從哪個角度看都是庸俗之輩的父親並不了解這一點。

阿巴斯·阿爾干在他的教典中，多次重寫惡魔的條目，那是他一直無法給予結論的詞語之一。其他還有好幾個必須重寫的條目，像是「時間」、「金錢」、「家人」、「欲望」等，但是去見費德列克·卡森之前，他正花工夫撰寫「惡魔」與「時間」。阿氏熟讀費德列克·卡森的著作，從書裡擷取魔性。邪惡的書中，一字一句的力量非常強大，有些地方甚至有凌駕阿巴斯·阿爾干教典的約束力。阿氏察覺到費德列克·卡森的控制欲確實包含著狹窄的度量，並不認同自己之外的人類存在。

從伊斯坦堡出發前的最後一天，阿巴斯・阿爾干到街上散步，不由得思索起「時間」；二十歲前離開故鄉經過了十六年的時間，無法回頭的代表現象：時間。阿氏在海峽渡輪的搖晃中，注視著亞洲區的海岸，那是他初到伊斯坦堡時前幾年住的地方。船停靠到卡德柯伊的碼頭，大門在新乘客前開啟，但是阿氏並未下船，繼續搭著船返回歐洲區。手指玩弄著多買的乘船用代幣，瞇起眼看著沉落的太陽。兩個次大陸相向形成的博斯普魯斯海峽中央，在船側飛翔的海鷗干擾著視線，前方可見到林立在歐洲區新市鎮的辦公大樓朦朧昏暗，他效力的系統開發公司也在那裡，但從海上看，卻覺得莫名遙遠。越來越近的舊城區，可以看到阿亞索菲亞清真寺的圓形屋頂。這座雄偉的建築在東羅馬帝國時代是座主教大教堂，但被鄂圖曼帝國占領後，重新在牆壁塗上灰泥，改成清真寺，現今則是博物館。阿拉伯文字的圓盤浮凸，四處剝落的灰泥空隙，露出馬賽克拼貼成的基督肖像。阿巴斯・阿爾干想，這個地方既是亞洲也是歐洲，但同時也都不是，就如同緩緩停下的鐘擺般，漸漸回到原始的狀態。

前往東京的時間，分分秒秒在逼近。

Title〈Conclusion 2020〉
From〈Yozoh, Uchigami〉2020/7/23
To〈Dr. Frederick Carson〉

結果，阿巴斯．阿爾干一次老家也沒回去。他聽人說優秀善良的弟弟英年早逝，讓父親幾近瘋狂。但是他知道自己的存在無法安慰父親，不如說反倒會刺激父親的神經。

成田機場的一切都是系統化運作，從入境到拿行李之間幾乎沒有任何壓力。不像阿塔圖克機場，直到臨登機前都還不確定登機門號碼，但這種差異不知為何卻讓阿巴斯・阿爾干有些忐忑。坐上事前在web上預約的京成skyliner，前往他下榻的日暮里。完全按照時刻表一分不差的車次，又讓阿氏感到緊張，走出剪票口，高架橋下幾條軌道平行並進的景象，讓阿氏停下了腳步。望著銀色的車廂在腳下不斷的交錯來回，阿氏無意識的在心裡咕噥，這座都市宛如精巧的機器；如同被賦予效率化宿命的巨大機械。在內部生活的人們究竟是運作它的燃料呢，還是受到它的保護呢？阿氏似乎感受到它的走向，便在路上打開行李箱，取出教典寫下「機器、人的聚集、融合」。這些話他在嘴裡唸叨了好幾次，驀地抬起頭，看見另一邊的車站與墓地縫隙間，矗立著一座輪廓朦朧、但巨大近乎不祥的高塔，一時間再也說不出話來。

在飯店報到後，阿氏再次拿出教典在桌上展開。多次重寫的簿子早已斑駁破損，但是阿氏並不在意，一頭鑽入書寫文字的世界。在瀏覽文字間，時間感如同用熱融解般消融了。他想著從自己待在這裡，到產生如此感受的時間流逝，想著這瞬間轉眼便成為過去，不斷被推著往前走、無法抗拒的力量。時間。時間。時間。他在教典重新寫入：現今無法操縱的事物之一。就在這時，窗外突然又出現剛才在車站看到的那座塔，它在夜空與街道間發出淡淡暈染的光。驀地腦海浮現出費德列克．卡森，那個試圖在我們被推著前進的未來，將個人意志塞進來的人。儘管它只是一個經過點，但是卻偽造假的終點，把我們逼進末路的人。

這個時節，線索已散置在萬民面前，預測了最強人類伴隨的未來，儘管這一點連費德列克．卡森本人都還未察覺。而最早掌握到契機的，便是阿巴斯．阿爾干。其視角的殊異，使他直到最後都無法得到父親等人的疼愛，但是對他本人而言，那只是枝微末節，這時他最在乎的問題，只有惡魔。

但是，問題癥結的費德列克．卡森在與我進行「最後的對話」時，根本連阿巴斯．阿爾干是誰都不知道。我們像在下棋對戰般，不慌不忙的用盡時間，偶爾插進長長的沉默來應付「最後對話」。那是距今很久之後，在橫濱大棧橋末端的飯店。

我們坐在樓層中央四張桌子最靠海的位子，三面的玻璃帷幕，好像浮在夜晚的海面上。費德列克．卡森喝膩了雞尾酒，說了聲「反正都最後了」，便點了店裡最貴的紅酒。我們憑著醉意，最後把該說的話都說了。有關非常重要的事，例如關於愛，關於美，關於惡，關於時間，亮出所有語言的解釋，感受著各語言間微妙的差異和趣味，一面緩慢的、花費大把時間的說著。有時，卡氏會用非常紳士的表情，向我確認：

「說得差不多了吧？」

我搖搖頭，「不，還不夠。」

「是嗎？好吧，那繼續說。不過，你很有耐性耶。如果是我的老朋友早就放棄了。」

這時候，卡氏的念頭裡，應該說卡氏記憶中的人只有史丹利．沃克一人，其他所有人都被他歸類為一般男性。費德列克．卡森望著我和我背後的海，想起了與史丹利．沃克的交情，儘管不如與我的「最後對話」，但是這兩個人之間一定進行過相當重要的對話吧。

話匣子從 Facebook 開始說起——這個與 Knopute 公司第二繁榮期同時急速擴張的創投企業。對於這家起步雖晚，但是完整思索出如何將人與人間的溝通具象化，並且加以實現，藉此取得霸權的社群媒體，史丹利．沃克對老友說，即使是這個領域，自己也會取得最後的勝利吧。「因此，我已經設立新的公司，並且祕密的進行準備。今天我來，就是想拜託你能不能把名字借給我，出任這家公司的代表。」

「當然沒問題啊。」費德列克．卡森隨口便允諾。「不過，你的深謀遠慮還是每每令我驚奇。你剛才說要暗中監視 Facebook 公司，這究竟是個什麼情況？」

「你是老闆，必須對你如實道來啊。」

史丹利．沃克認為，Facebook 公司的確在某一方面已掌握了所有發展可能性。在實名制的基礎下，於網路上簡便的表達言論和行動，作為與他人溝通想法的工具，企圖藉此最有效率的展現使用者的自我表現力。這的確是系統性掌握人我個性的一大利器，但是，對服務的使用者——個人而言，卻已經出現累積發言所凸顯的性格如影隨形、揮之不去的狀態。例如：有的人想刪去自己在網上的發言，但是又煩惱刪去顯得自己很遜；越是花費時間細心表現自己的個性，越是擔心雕琢的肖像會令他人產生誤解。照史丹利．沃克的說法，這根本是應對方法錯誤。不用說，網路具有高度的資訊傳達力，Facebook 的服務既然是利用網路謀求人與人的意見溝通，它就必須是反映實體的工具，即使那實體一個個都分裂和矛盾，而藉由其交流所得到的資訊，又必須還原成實體。總之，Facebook 普及的祕訣在於以自然個體為前提的聯繫重現力，不過它的極限也是起因於此。史丹利・沃克規劃的完美產品原本的規格克服了這種極限。如果個人B與其他個人擁有個人A所具有的要素，則完美產品會模擬出以該要素作為特質的個體。總之，它並不是將大把的要素組合起來，形塑一個人的個性，而是將數萬數億名人類的各種要素細分化，把它們重新整合成完全不重複的個體。說得單純點，善良、嚴苛等人性的要素將超越生命體的框架，成為精純的個體。最先只是在CPU上共享的那個夢想，最後會引導到什麼樣的結果呢？新世界剛啟動的時候，個體的數量恐怕會暫時劇減吧。但是，後來尖銳化的個體與個體互相影響、或者互相交配，就有機會在飽和而開始凝固的舊世界，打開一個突破口吧。

史丹利・沃克從過世幾個月前開始，對商務之外的現實世界，注意力變得渙散。

他在房間裡走來走去的話，不是撞到垃圾桶、桌角，就是打翻咖啡。沃氏經常有股難以抑制的衝動，自己必須到外面去，到外面去。沃氏就是在這種欲望驅使下，用盡人生絕大部分時間創業、讓公司上市、向世人傳遞出前所未有的新產品，其結果讓人類來往的資訊量急劇增加，交流速度加快，也加速了時代的進步。但是時代越是進步，越是堵住了退路，甚至覺得本以為是出口的地方、本以為會永遠嚮往的事物，都和既有的事物一樣平淡乏味，不具任何外部性，只不過是現實的附屬品。

「不是有出口嗎？」甫自日本回國的惡魔低語道。兩年前的二〇一八年七月底，在史丹利．沃克的房間啜著以絕佳比例調的琴湯尼，費德列克．卡森緩緩的以視線梭巡著，一面極度冷靜的暗忖，這就是精神失常的大富豪的房間嗎？接著，他開始思索待會兒向朋友說的話是對是錯。卡氏想，該把焦點放在哪裡呢？對個人的意義？還是歷史的意義？但是，身為好友，將重點放在那些層面乃是兩人的共識，所以，即使不確定對錯，也都不需要猶豫。

「史丹利，確實，如你先前所說，照 Facebook 的對應方式並不能掌握所有的路徑吧。毋寧說，他們也許只是把外壕加深罷了，這部分你也說對了。而且人類可以變得更孤獨，更高純度的孤獨。」

孤獨？

「是的，即使可以正確表現自己的形狀，但是受眾那一方已經沒有人了。因為如果照這種流程去做的話，其他人也必須耗費時間，一絲不苟的刻出自己的形狀，完全沒有足夠的時間去當受眾，因為，他人並不是為了自己而存在。我也認為，那一定就是 Facebook 式的處理極限了。總有一天，大家只是對著虛空說個沒完罷了，也許這也自成一幅美麗的圖畫，但是，不管怎麼想也供應不了支持全體自我形塑所花的成本吧。而且可以想見這會產生更加難以辯駁的階級差異，所以呢……」此時，費德列克．卡森凝視著好友的眼睛，「所以，你想開創的完美產品，應對方法非常正確。」史丹利．沃克看著好友灰色的眼珠，回想起從前誇下的豪語。

Facebook 的創業者絕對到不了我所在的境界，他雖然有看穿事物表面的能力，但是靠他的方法到不了突破表層的末端。有一位美國的女作家說過：「有時間是因為所有的事並非同時發生，有個體是因為所有的事不會發生在同一個人身上。」那真的是人類最害怕，也因此無意識中最嚮往的境界，Facebook 的創業人連這一點都沒有列入考慮呀。

「你還記得吧，以前你告訴過我，有關你喜歡的國家的那些作家們。」

費德列克・卡森再次想把話題轉到「出口」，利用對方過去的記憶來影響他的心神，這種做法與我的工作很像，像是把期望自殺當作賣點的作家，儘管他其實並不想自殺，但是在一再自殺未遂中不小心真的自殺身亡；或是一如近乎可笑的華麗曝光與自我形象，以憂國憂民的姿態，在自衛隊駐防區切腹自殺；還有雖然獲得世界權威獎項，卻銷聲匿跡的自殺，種種說法包括臨老被自己心儀的女傭拋棄而自殺等，甚至被寫進 Wikipedia。

如果那樣都能死，根本無聊到不用自殺呀。史丹利．沃克與之前一樣哈哈大笑，但是費德列克．卡森面無表情，只是喃喃說著：「出口。」

「出口。」

史丹利．沃克複述的說。

「你已經十分努力了。但是，沒有出口吧？未來肯定也不會變的。即使開創出完美產品的未來，聰明的你已經可以想像得到吧？你能忍受得了嗎？史丹利，我有點擔心呢。那麼意志薄弱的人真的能成為最後的人類嗎？只不過這麼點成功，就精神恍惚不定的你，承受不了的啦，它不適合你啊。所有的生命總有一天會回歸為物質，最後的人類必須看著這一幕發生，至少必須有觀察它的氣概。你做不到的。對吧？你絕對辦不到的，因為你永遠在尋找出口。」

出口，史丹利．沃克試著再次唸出這兩個字，但是喉嚨的乾澀阻礙了他。

費德列克・卡森和善的笑笑。

Title〈Conclusion 2020〉
From〈Yozoh, Uchigami〉2020/7/24
To〈Dr. Frederick Carson〉

能夠一次又一次不厭其煩的做那種事的人，也許的確擔得起最強之名。對別人關心的事刨根掘底，然後再得意洋洋的說，那底下什麼都沒有，拿別人尋開心，不解人心的感性。讓阿巴斯・阿爾干來說，就是惡魔。

「幾乎就像是鬼。」

在我們日本，用「鬼」這個字的頻率比「惡魔」這個字高，而有個人物很接近想要表達的形象。昨天，我的其中一個麻煩病人——都政府職員，在問診中將他的費德列克．卡森式主管稱之為「鬼」，說起他從那主管承受的不合理待遇時，他的眼光比起平常更充滿活力。這一年來，他在憂鬱狀態和平常心的界線間遊蕩飛行，沒有停止過一天，雖然沒有自覺，但是他喜歡現在這種既不到生病，也不算健康的灰色狀態。原本他是個性子急、但工作效率卻很差的人，但是在同事們的同情和體諒下，他的心情也轉好了。

「成績馬上就要出爐了，這樣就可以知道，如果獎牌數沒有上次東京奧運多，全都是我的錯。」

以前一次東京奧運為標準，可以說門檻相當高，那一屆奧運，金牌十六面，銀牌五面，銅牌八面，總計獎牌在參加國中高居第三名，所以應該沒有人期待達到那麼輝煌的成果，連給這職員植入強迫觀念的該主管，也不會說出沒拿到獎牌都是你的錯。反芻這份壓迫，並且任其膨脹的是病人自己。

當然，身為最終結論的我，告訴他獎牌獲得數易如反掌，但是，在這個時間點告訴他我已知道結果，都政府職員也不會相信吧。在這件事上，還沒機會用上公關少爺時代的我的招牌臺詞——「容我稍微賣個關子」，東京奧運即將在今晚開幕，而且，「現在」正逐漸逼近事件爆發的時間點。

我邀了上次聯誼認識的女孩去約會，她是個在都內上班的女生，名字安永更紗令人想起清澈的溪流。我們在大江戶線新宿站出口處見面，上了計程車。大約同時，奧運會場中，阿巴斯．阿爾干正試著從超過八萬人的觀眾尋找費德列克．卡森。參照 web 上記述學者費德列克．卡森最近的活動，與解釋教典後所明白的特性與行為原理，阿巴斯．阿爾干堅信，惡魔就在這裡。這位費德列克．卡森為了參觀開幕儀式，與兩年前藕斷絲連的情人一起來到會場，他一手攬著女子的腰，嗅著微微飄蕩的香水味，走進與阿巴斯．阿爾干不同的另一區。

我呢，現在與安永更紗小姐下了計程車，鎖定離賽場最近的一家運動酒吧，努力想擠進店裡。阿巴斯・阿爾干被電視的現場記者攔住，簡單的回答完問題，便去廁所解放忍了好久的尿。如果再晚五分鐘的話，就會在會場的走道與費德列克・卡森撞個正著。時間，時間，時間，他用土耳其語喃喃說著，廁所裡的阿巴斯・阿爾干注視著體內射出的液體呈弧形被吸進白色的陶器中，看著力道漸漸衰微，剩下如同大小珠相連的尿，阿氏繼續思考著，自己這輩子活到現在，雖然不知道未來還能活多久，但是至少到死前，都會一直體會時間的流逝。它就像是這泡尿般，由不得自己的使力朝單一方向放出，無法倒流回來。自己的尿當然會拉完，但是隔壁的男人，不，就算不是隔壁，任何地方的任何人，無所謂男或女，也無所謂年齡大小，甚至無關生命物種，很可能在某一瞬間，都有某個生物在某處源源不絕的放出。他思索過中斷的可能性，但想著源源不斷，想著岌岌可危，阿巴斯・阿爾干不知為何升起幸福的感受，他再次相信自己必須從事的任務，而且即使自己涉入也心甘情願。阿氏就像讀寫教典時一般，化身為純粹的反應波，任由幸福和激昂鼓脹起來。

阿巴斯・阿爾干回到客滿的會場，用獵鷹般的眼神再次環視觀眾席尋找惡魔。不過，從結論來說，阿巴斯・阿爾干並未在這裡找到費德列克・卡森。為了二〇二〇年這場賽事，砸下龐大費用重建的新國立競技場太過巨大，人也太多了，然而，阿巴斯・阿爾干當然並沒有放棄，細查過手邊關於費德列克・卡森的有限資料，阿巴斯・阿爾干瞎猜惡魔可能有觀賽動機的比賽，不惜重金把門票都買下來，打算連著幾天過來等待機會。

從人類史來看，阿巴斯・阿爾干今天試圖刺殺費德列克・卡森的行為，我願意擁護它是準正當防衛的行為，但是，在當時的東京，他的行為滿足日本刑法嚴厲的條件，果然難以阻擋它的違法性。

Title〈Conclusion 2020〉

From〈Yozoh, Uchigami〉2020/7/24

To〈Dr. Frederick Carson〉

「我不太記得了，但是我應該只是正當防衛。」

東京奧運結束的很久之後，在橫濱的「最後對話」中，費德列克・卡森頻頻使用正當防衛這個詞，或者是類似的措詞。像是如果是阻礙「善舉」的主因，那麼不得已將它排除也是件「善舉」不是嗎？等云云。

從玻璃帷幕的店內遙望月光搖曳的海面，卡氏瞇起眼望著橫濱街頭營造的輝煌，思緒奔馳在好友夢想導致的結論，也就是關於「肉之海」的部分。費德列克・卡森在步向「最後對話」之前的人生中，將許多人送進無法轉寰的境地，包括死亡。但是他直接下手的只有阿巴斯・阿爾干一人。不知刺到的位置算好還是壞，卡氏還記得刀子如同笑話般滑入阿巴斯・阿爾干胸口正中央時，留下越來越走味的觸感。但是，為了保有最強性，五年以上的記憶他都自動消除了。除了留下「記憶的骨架」以推動「善舉」的目的意識形成外，其他全部忘記了。

在東京奧運會場發生的傷害致死事件，由於費德列克．卡森與當局利害一致，因而私底下處理掉了，沒有登上新聞版面。到了「最後對話」時，連當事人自己都不記得，所以那件事只留下不起訴紀錄，收進檢察廳的文件庫中。可憐的阿巴斯．阿爾干，暫且不管他對不對，但是在他所感受的世界中，只有殺了費德列克．卡森才能挽救人類，從結論來說，他的直覺大致是準確的。

如果，費德列克．卡森直到與我進行「最後對話」時，都還保留著事件的記憶，當我帶著嘲諷的口氣提及那件事時，他應該會給我一個比「真的嗎？」更為有反應的回答，例如，「我只是做了與某個以人體為材料的藝術家同樣的事」，或是「各位必須重新建構善惡的標準，才能與我拮抗」等之類的話。但是，從他口裡說出的，卻是「真的嗎？」下一刻，他喚來侍酒師，又點了一瓶白酒。

到了這個地步，我只能從他自發性保留的記憶中去搜尋線索。換句話說，就是「記憶的骨架」，那包含了個人人生會發生的事件——取自卡氏抽象化的親身體驗、成為人類史特徵的發現與事件、對推動「善舉」所下的判斷和結果等一串串事實組合而成的。但是以前與我見過面的事，當然都沒有放入任何記憶骨架，根據卡氏嚴格的標準，連關於父母的記憶，都被抽象化成為人生尋常事件，所以，即使這已經是我和他第三次面對面，但是費德列克．卡森還是像面對初識者的態度，十分有禮的接待我。我與他之外的人都已經接受了「善舉」，不是融入「肉之海」就是離開人世。志願退化成猿人的集團曾經生活在大陸一角，不過卡氏已決心將動物也連接上完美產品，所以牠們也難逃這個命運。總而言之，從所有的意義來說，我和他就是世界上最後的兩個人。

我問他「善舉」到底是什麼，當作對話的引子。最強人類把酒杯放在桌上，正面看著我。

「善舉，換句話說，就是你們的期望。」卡氏說了他對許多人一再重複說過的話。

「期望？」

聽到我的反問，卡氏用力的點點頭。這也是發生過無數次的景象。

「是的，你也可以說這是本能導致的結論。對了，你知道本能是為了什麼而存在嗎？」

如果我回答「不知道」，話鋒可能變得有點雜亂；便說：「為了生存下去吧？」

「也可以這麼解讀吧。不，這可以算是非常正統派的看法。但是，真的是這樣嗎？真的只是為了多活幾年，才有了喚醒我們的本能嗎？」卡氏的腦海中想起史丹利．沃克的身影。這段早已超過五年的往事，卡氏之所以記得，是因這份記憶是推動「善舉」的記憶骨架。我繼續窮追猛打。

「原來如此，有人說，活著的時候，本能性的衝動十分錯綜複雜，甚至有人反其道而行，並非『為了生存下去』。你所說的就是這個意思嗎？」

「嗯，根本上可以這麼說。但是事物沒那麼單純，有位人類學家說，本能就是放棄了現實意義的結局而捏造出來的。」

「聽起來像是唬人的。」

「不，我沒這個意思，甚至可以說正相反。為了正確傳達一個訊息，需要很多的文字，不斷迂迴轉折，把周圍夯實，限制可能性，才能指出想表現的那一點。如果你不想再陪我說下去的話，隨時都可以結束，只要站起來，走出那扇門就行了。我很高興你終於答應我的邀請到『房間』來，但我也並不著急。反正你是最後一人了。」

「讓我來說的話，」說到這兒，我故意停頓了一下，「你才是最後一人。這種看法也沒有錯吧。」

費德列克・卡森微微吃驚，然後撇嘴一笑。

「的確，這個看法也沒錯。不管怎麼說，這世上就只剩下你和我兩個人。不管是誰都很適合當最後的人類，不用急著決定。」

主菜是取了複雜名字的仔鹿料理，菜一端出就立刻開動的費德列克・卡森，每吃一口便刻意的說「好吃」、「唔——」，然後等著看我說些什麼。我一面望著橫濱的海，用比卡氏略緩的步調吃著。完美產品製造出的影像，與實景相比果然並不遜色，連我眼睛的視覺或空氣中的塵埃都經過CPU計算過。「橫濱」這個曾經存在於日本的城市已然不在，費德列克・卡森為了對話準備的「房間」使用橫濱的景象，只不過是卡氏的嗜好。以前評論者多的時候，他會在雅典的海洛狄恩酒店邀人參觀，或是在帝國大廈開派對。最近專注於一對一的對話，日本他只選龍安寺，想到這一點，這次可算是相當精心的設定。

「我好像懂得你能留到現在的原因了。」

甜點送來之後，費德列克．卡森像是按捺不住似終於開了口，那是用柑桔提味的提拉米蘇，卡氏的義式咖啡和我的紅茶也已經上桌。

「怎麼說？」

「我想，你大概是太看輕善舉了吧。你真的懂嗎？如果你贏了我，你就必須把它全部扛起來喔，你做得到嗎？我看你根本沒有確實理解它意味著什麼吧？」

最強人類正在施力想把我壓下去。既然如此，我就得再往上走。

「對了。」我說，「你記得以前我們見過面嗎？」

「你剛才說過，是二〇二〇年吧？我不記得。」

「沒錯，是二〇二〇年，東京奧運的時候。你那時才剛第一次殺了人，有點激動。真要說的話，我們在更早的兩年前也說過話，那次酒會上，有位六川恭子女士的性感稍稍吸引了你，後來，在奧運會場上與她重逢時，你叫住了她。當時我就站在旁邊。而且你還談起了『善舉』，你不記得嗎？」

已經變成最強五歲童的費德列克・卡森當然不記得，因為在他記憶的骨架中，並沒有留下當時他摸著孩子的頭，侃侃而談的畫面。

Title〈Conclusion 2020〉
From〈Yozoh, Uchigami〉2020/7/25
To〈Dr. Frederick Carson〉

二〇二〇年東京奧運中，射箭比賽是在灣區會場之一的「夢之島」舉行。這塊垃圾填埋而成的土地，多數是綠意盎然的公園，室外射箭場是為配合奧運的舉辦而新建的。費德列克・卡森就是在射箭場旁的廁所受到這起事件的牽累。在這次奧運會期中，費德列克．卡森並沒有觀賽到最後，差點被瘋狂男子持刀殺傷，事件後連續幾天配合調查的關係，他手上的觀賽門票全都付諸流水。再加上與他維持多年關係的日本情人，受不了他殺人的事實，離開了他從此不再聯絡。她雖然喜歡卡氏名副其實的超然風格，帶給她脫離日常生活的情緒，但是這次事件讓她更愛自己的丈夫。不過，對費德列克．卡森來說，這種發展不過是家常便飯，他早已年過五十，但幾乎從未因為女性伴侶而煩惱，他的事業和作風，對某種類型的女子具有很強的作用。問題在於直到最後也沒有出現一個女子願意與他白頭偕老，若要在這一點深入回顧，五年時間實在太短了。

卡氏在調查中，一五一十的供述事件當天的事——某天，在新木場站看到一座大圖騰柱。身邊的日本女性友人告訴他，在日本許多小學都會立起圖騰柱，作為小學的畢業記念，所以日本各地的小學都樹立了這種柱子。從車站到「夢之島」射箭賽場的路上，有人遞給他一份導覽，他是海岸附近某座船隻展示館的宣傳人員。他邊走邊看導覽冊，得知那裡在展示美國氫爆實驗中被炸沉的漁船「第五福龍丸」，他知道那艘漁船，但沒想到現在還保存著。

儘管在「最後的對話」時，費德列克．卡森已完全忘了自己涉入的事件，但是比基尼環礁氫彈實驗卻是人類史上的大事件，所以還保留在記憶骨架中。因為卡氏認為，落在太平洋的炸彈，其威力比預測高三倍以上，對參與實驗者確實值得「喝彩」，但因為資訊未公開，使周圍小島的居民也被炸死，著實顯露出人類輕率的一面。

直到最後，我在奧運會期間，一次夢之島也沒去過。待在六川恭子女士的診療室時，電視在預賽比賽中播出灣區特集，介紹了台場、有明、辰巳等時也夾雜了夢之島的射箭場。我與六川恭子女士那時正在討論私事。我的醫院與國立運動科學中心有合作關係，我和六川恭子女士為精神科代表，加入醫藥支援小組，所以，都政府分配了最後一天的門票給我們，六川恭子女士提議，這種機會太難得，我們在外面吃飯吧。

即使如此，閉幕式前在夏威夷餐廳同桌的人士，委實是個奇妙的組合。有六川恭子女士從求學時就交往結縭的丈夫六川竹宗先生，緊緊抱住六川竹宗先生的六川航，六歲，恭子女士抱在懷裡的六川馨一歲，我內上用藏，和不確定會不會從朋友升為情人的安永更紗三十一歲。另外還有世界環境生物學權威，才剛第一次下手殺人的費德列克．卡森五十七歲，他坐在VIP包廂觀看最後大熱門的男子馬拉松比賽，突然想到從另一途徑的醫療支援小組相關人員可以分到票，便來到我們坐的區域。六川恭子女士見他上前寒暄，心想也算難得，便邀他一起聚餐，但我覺得六川女士未免也太圓滑。

費德列克．卡森很紳士的讚美六川竹宗先生，羨慕他有位極為出色的夫人，又裝出一副可憐樣，說自己的前妻從東海岸到西海岸都離開了他，真無顏見人。「費德列克先生一定會找到好姻緣的，如果不介意，請告訴我你的星座和血型。」安永更紗安慰道。「對呀，因為你是最強的嘛。」我也順便說道。大家既沒笑也沒生氣，六川馨妹妹的哭聲打破了瞬間的沉默。

費德列克．卡森端詳著六川馨妹妹抽泣的臉，用美式的躲貓貓遊戲逗樂全場，對話也活潑起來，但不久又枯竭。接著，他終於抓住有一搭沒一搭的對話尾巴，吞吞吐吐的談起「善舉」，一面想著孩子們，期許有一天善舉能降臨到大家身上。那也是卡氏毫無雜念的真心。

連最後的對話中，卡氏都說：

「我是為了大家才活到現在。」

Title〈Conclusion 2020〉
From〈Yozoh, Uchigami〉2020/7/25
To〈Dr. Frederick Carson〉

為了大家活到現在的費德列克・卡森抱持著高遠的理想，只要發現特別有能力的人，幾乎全都被他當成競爭對手。

「在資源和時間都有限的狀況下，所謂的公平就成為最適當的分配規則。對吧？」在代代木法式餐廳聚餐時，費德列克・卡森用對六川馨妹妹的眼光，凝視著長谷川保陰沉的臉說，「舉例來說，如果在二十五年前，你的當選可能需要花上更多勞力，你不覺得這就是全世界評價標準從血統轉移到能力的證明嗎？但是，能力會因為基因與生育環境而有所差別，很多時候當事人也沒得選。這樣還是不公平吧？」

「不對，Dr. 費德列克・卡森，真正的公平，與評價一點關係也沒有。

也沒有優先順序。」

「這樣啊。可是，現實中，不論是糧食或資源，爭奪便是不足，互相分享就足夠是假話，獨占便足夠，分享便不足才是真話，不是嗎？這種狀態下，怎麼分配才會公平呢？人人平分？還是按體重比分配？又或是按年齡或其他？沒有體力的人無法來取，所以就淘汰他嗎？哈哈。別再瞎扯下去了。其實你應該心知肚明才對。放心好了，你的理想會完美實現的。」

完美產品在現實開始運作時，費德列克．卡森也開始接觸自然科學領域的研究機構。致力克服不治之症與衰老的研究所，透過 Emosynk 公司，獲得特別豐厚的贊助。為了讓完美產品發揮特長，有必要吸收所有的發現，這已不是堅持專業領域或拿手不拿手的問題，再者，時代進步，生物大部分的根本結構都已破解，連壽命都當成疾病來處置，到了這個時候，不只是社會科學、人文科學，連自然科學方面的研究，對定義為「人性」

的構成和反應的解釋也日趨成熟。在概念不斷變遷中，漸漸的，連結完美產品的人們之間，開始傳播省力維持生命的方法論。十個個體共享器官，每個數人團體負擔一個器官的功能，提供該功能給其他團體等。與原始人類的形態比較的話，是一群相當變態的團體。看起來連結完美產品的人類，也在摸索著、慢慢的匯聚成最適當的形式。

有一段時期，以保全多樣化為信條的人類，看到這種情形也起而抵抗。在完美產品中精神性共鳴的增進，權且說得過去，但是連肉體都相連在一起，這樣下去，多樣性豈不是會以驚人之勢消失殆盡嗎？

「我懂，你說的的確有理。」費德列克．卡森用他灰色的眼珠看著對方，如同注視著一具壞掉的機器組織。「但是，話說回來，人到底是為了什麼而需要多樣性？只是多樣化就行了嗎？即使只是混沌一片，也有各種可能性——這不也是導出最佳解答時必備的研究素材嗎？那麼，實際上，花費長年累月，正當一步步靠近最佳解答時，多樣性人類的其中一人突然做出荒誕無稽、不可思議的事情，因而讓研究倒退三步的話呢？或者，你知道維持一個人生活在可滿足挑剔行為的優渥環境，所花的成本會阻擋幾個人，喔不，是幾千幾百萬人的生育嗎？我說，你到底知不知道，經由現在新版的完美產品，其成本可以養活多少個人嗎？竟敢這麼大言不慚。」

費德列克．卡森在不久後把動物也納入原本僅止於人類的連結對象。因為他領悟到，如果目標是公平的話，就沒有必要拘泥於人類這個框架，在外側瀕臨滅絕的各種動物，也都陸續被納進完美產品中。於是，多樣性的組成與反應都編入完美產品中。反對費德列克．卡森的人漸漸變少了，經過一段時間，再也沒有人能對抗費德列克．卡森。

即使如此，當然還是出現了這樣的反對者：「這已經不再是生物，而是一片肉海了。連動物都連結到完美產品，實在太過暴虐了吧？」

「說的有理。」費德列克．卡森佩服的回答。「你點出我視野狹窄，讓我清醒過來，謝謝。的確，把連結的對象，限定在動物，喔不，應該說生物，實在是暴虐、自私自利、視野狹窄的判斷。仔細想想，沒有必要侷限在這麼小的框架中嘛，對吧？」

費德列克．卡森向長谷川保說了個小故事：「增殖太多的鹿」。日本國會議員決定支援非洲進行ODA*8的臨門一腳，就是這個故事。

某個地區野鹿不斷增加，數量已到了破壞環境秩序的狀態，人們不得不做出驅除該品種野鹿的判斷。如果環境遭到破壞，反正野鹿到最後也會死，既然如此，合理的判斷並不是加入其他的生物同伴，而是減少鹿隻到該環境能養得了的數量。但是，從一開始就不曾存在於這世上，與為了控制適當的個體數，出生後再將其殺之，這兩種現象，哪一個比較好呢？我先前曾說，獨占才足夠，分享便不足的道理是真的，但是如果拋開時間軸

8 譯注：政府開發援助，Official Development Assistance。

來思考的話，從一開始就不讓多餘的鹿存活於世上，也等於是已存在的生物，未然性的排除可能在早先時間存在的生物，這無非是一種試圖獨占的行為。不管是鹿、人類還是其他動物都無所謂，可以左右環境的在上位者，在這個案例中，有義務看清殺戮與排除於未然，哪個為好。為了研究這一點，不如計算一下兩種做法發生的差分是多少。

「等等，在此之前，可否先告訴我，不能破壞環境的原因是什麼？」

還是老樣子，費德列克・卡森在提出質問時，早已備妥了答案。「沒錯，我們認為不可以破壞環境，是因為依照我們具備的習性，會把讓生命盡可能多種多樣永續下去的現象，立刻視為『善舉』。從這個觀點來說的話，可以讓鹿的狀態最起碼多一點比較好嗎？嗯，當然啦，如果鹿是最優秀的生物，的確比較好。以鹿角互相衝撞，強者生存下來就行了。同樣的，過去人口數量增加過剩時，也曾經互相撞擊理想，對決雌雄。但是，擁有憑一人意志便能消滅一切的武器，一味提高永久生存可能性的人類，看起來想在自我兩極化的盡頭，選擇永遠的膠著狀態。換句話說，就是維持一個不過度增減的均衡狀態。在有限的環境下，正確看清人類有多大的潛力，維持像樣的生命，然後朝著那個狀態邁進，對我們人類而言，那便是理所當然的『善舉』。

「我說的沒錯吧？

「那就是結論吧？」

長谷川保點點頭，以伶俐的頭腦為武器從事政治活動的他，對費德列克．卡森所說的世界觀，早已有了體認。他之所以需要我的治療，全是因為與生俱來的溫和氣質，對那種激烈的體認產生抗拒反應。而此時，他已疲於對費德列克．卡森所言的「善舉」抱持抗拒感。

「從第一次拜會你時，我就認為你是個非常條理分明的人。你明白為了『善舉』，成本效益乃是重中之重。**對吧**？而且，也預見了以全球的規模實現『善舉』的時機將會到來。在這個行星的環境下，保有最大的均衡，也就是既無過剩也無不足，引導並維持最大極限的生命潛能，以我等的習性和歷史為鑑，這恐怕才是人類的使命。是的，運用完美產品，我們將能成為行星本身。」

Title〈Conclusion 2020〉
From〈Yozoh, Uchigami〉2020/7/25
To〈Dr. Frederick Carson〉

行星，這個名詞讓我回想起在赤羽公關少爺時代交往的女子。無意識間疏遠我的她，率真的諷刺我是「索拉力行星」。她說，我就像是思考海洋覆蓋的行星。當時，我與她只有極細微的部分有共鳴，但，這也無可奈何。

最後一次她打電話來，是在二〇一八年的六月二十五日，我還是沒接起那通電話。雖然，她也並不希望我接起電話。她只是希望在電話鈴聲連續響著，尚未切到語言留言前，能夠思考另一種人生就行了。聽著平板規律的鈴聲，她夢想著也許有一天，某人會無心的點出她自己也無法發覺自己所具備的美好特質。她總在丈夫和孩子都外出的時段打電話。有時也會在收拾完早餐後，坐在沙發上，倒一杯紅酒。十幾、二十歲年少時期，她常被無來由的焦躁感擺布，但是隨著時光荏苒，那種感覺變得麻木了。放棄的東西與得手的東西同樣無價值，走到這個不相稱的境地，也許是個最合理的結果。

「再見，索拉力星球。」

升上中天的陽光越過毛玻璃射進的客廳裡，她像個孩子般躺在皮沙發上，望著天花板，喃喃說著不曾當面對我說的臺詞。

但是，她不再打電話來的原因，與她的心情沒有太大的關係。這一天起的整整一個月後，她在駕車的途中車禍身亡。她的死亡完全是偶發的，並不是任何人蓄意造成的結果。我在她遭遇車禍的時間，中斷了門診，把自己關在屋裡。於是，我盡可能專注的連上她的意識，她正跟在卡車後面準備右轉，轉動方向盤的她，一直抹不去忘了某件事的感覺，好像是準備晚餐用的蔬菜種類不夠，還是忘了送要乾洗的衣服，又像是更致命的遺漏了什麼。盯著霧雨中卡車尾燈的眼睛眨了一下，來自左側的衝擊和千斤般的重量壓了過來，身體發熱，痛覺與平衡感，所有感覺傳導的刺激融為一體，最後胸口驀地浮起激昂感，隨即失去意識。

當然，我還保有很多其他人死亡的記憶，現在全世界也有很多人死去，但是，當我想訴說什麼的時候，就必須從中選一個人來說。

例如，關於阿巴斯．阿爾干的死，我現在必須說出來。

射箭比賽會場旁的廁所裡，當箭射中靶心與接連的鼓掌聲，然後再次射中靶心的聲音響起時，阿氏發現站在隔壁的男子就是費德列克·卡森。他感受到平靜的興奮，如同面對鎖定獵物的射手一般。眾裡尋了千百度，在網路上確認無數次的惡魔，現在就站在旁邊。突然間，阿氏的腦中浮現出種種生物小便的姿態，在太陽熾烤的熱帶莽原樹下、在摩天大樓豪華浴室裡，與淋浴的熱水一同流瀉般，或是在街角舉起單腳以便作記號般，他想著，某種生物將通過體內的尿液，源源不絕的噴洩而出。阿巴斯·阿爾干在自己尿完之後，仍靜靜的等著惡魔排完。只是如果想要殺掉惡魔的話，在他排尿時自後方刺殺更為有效，但是阿氏沒這麼做。

費德列克·卡森離開小便斗，背對著阿氏，這時也可以自背後刺向他。但阿氏還是沒這麼做。

「Dr. 卡森？」

阿巴斯·阿爾干像是見到熟人般的隨意口氣向他招呼。

費德列克．卡森回過頭，看到阿巴斯．阿爾干的臉，但立刻瞥見對方手中的閃亮玩意兒，緊張得全身僵硬。

「Dr. 費德列克．卡森，沒錯吧？我找了你很久了。真的，沒日沒夜的尋找。久仰了，Dr. 費德列克．卡森，不過我倒沒有初次見面的感覺，你一定覺得不可思議，這個人到底是誰？為什麼這個陌生人要在這裡叫住我？但是，你躲不掉了。而且你看，這裡沒有人剛好進來打擾，你等會兒就會被我手中這把刀殺死了，因為你是個非常邪惡的人。現在，你仔細聽好了，別人的事你干涉太多了，你渴望別人的一切，不知不覺間就被邪惡蒙蔽了，於是開始行殘酷不義的事。所以，我要殺了你。如果縱容你，你創造的系統會更加堅固，誰也無法推拒，誰也駁不倒你，誰也得不到真正的幸福。那個系統就是這麼可怕。我坦白說好了，Dr. 卡森，我認為即使如此，可能也無可奈何，說不定，不論如何大家一樣是殊途同歸。但是，你聽我說Dr. 費德列克．卡森，即使那是事實，人類也沒有必要遵循它。雖然你馬上就要死了，但請千萬別忘了這一點。聽好了，因為很重要，所以我再說一遍，Dr. 卡森，人哪，只有人沒有必要遵循事實。再無用的人，再無能的人，完全相似但較劣等的人，不論是什麼樣的人都行，即使完全相同的人，有多少個都無所謂。你懂了嗎？雖然你馬上就要死了，但唯獨這一點，千萬不能忘記。我很快也能掌握到了，但現在說的話只不過是我的預感。不過，你聽懂了嗎？絕對不要忘了我說的話。懂了吧？Dr. 費德列克．卡森。」

然而，在這個時候，費德列克．卡森的一門心思全在那把凶器上，全然沒聽見阿巴斯．阿爾干的慷慨陳詞。從結論來說，認為不論誰死都無所謂的阿巴斯．阿爾干被奪去了刀，反刺中了自己。瀕臨死亡的阿巴斯．阿爾干告誡費德列克．卡森的過錯，並對這種性命交鋒密切的溝通感到滿足。他相信自己的死與教典上培育的語言，在惡魔心中敲進了楔子，那將使費德列克．卡森遠離魔鬼的選擇。費德列克．卡森注視著自己胸口受的傷，阿巴斯．阿爾干從稍遠的位置感受逐漸變冷清澄的意識，最後想到的還是關於「時間」。儘管他氣若游絲，但幾度出聲唸著「時間、時間」，理應冷澈的神經與身體寒氣如同夕影吸走地面溫度般，確實讓他感到昏然欲睡。時間正要停止。阿氏最後想，自己的時間停止，但同時，我在惡魔身上敲進了楔子。

但是，偏偏到了最後對話的時候，你連阿巴斯．阿爾干是誰都不記得了。那件事是在你眼前發生，說得更精確一點，他是你親手殺的，然而，你對阿巴斯．阿爾干卻只留下一般「反社會人格障礙導致殺人未遂犯」的記憶，細節全都消失了。

還有，我要在這裡揭開這麼長時間不厭其煩寫信的原因。我為了有效運用阿巴斯．阿爾干拚命的行為，所以才用上如此迂迴婉轉的方法。

「原來如此。」費德列克．卡森看完這封郵件後說。那是在橫濱「最後的對話」上。

「你全部都看完了嗎？」

「剛剛才看完。不過，這封信可真長啊。如果這上面寫的都是事實的話，早在我們第一次見面前，你就開始寫這一串郵件了。我信箱裡的收信日期的確是這麼寫的，只要它不是一場精心設計的玩笑。」

「你是最強人類，我怎麼可能開得了你的玩笑呢？」

我稍微停頓了一下，叫來侍酒師。卡氏什麼也沒說，眼睛緊盯著桌巾上紅色花瓣倒影。白酒倒滿，我喝了一口後說：「我和其他人不同，我有與你對抗的手段，就像郵件裡寫的，因為我是最終結論，所以才能寫出這樣的信，並且在你眼皮底下鑽漏洞，苟活到了現在。」

「原來如此，」費德列克．卡森試圖表現出從容不迫，但內心卻焦慮難安。由於不斷失去記憶，也許能避開錯誤的判斷，但此時卻成了弱點。

Title〈Conclusion 2020〉
From〈Yozoh, Uchigami〉2020/7/25
To〈Dr. Frederick Carson〉

但是，「最後的對話」還是很久之後的事，現在我坐在足球預賽開始前的主體育場，靠著座位下吹來的涼風納涼。距離這裡約九千公尺的夢之島射箭賽場廁所，阿巴斯・阿爾干手裡拿著刀，正在向費德列克・卡森搭訕。我突然強烈的渴望異性，便撫著坐在隔壁安永更紗的手，她對我有些好感，所以也用冰涼的手指緊緊握住我的拇指。

我回想無數次的殺人場景終於要開始了。阿巴斯・阿爾干慢吞吞伸出的刀子，下一刻卻到了費德列克・卡森的手中，說時遲那時快，阿巴斯・

阿爾干已被劍尖突起深深的刺入。阿巴斯．阿爾干從膝蓋開始崩塌，終於難以堅持，無聲的靠向牆邊。最後頸部肌肉痙攣，嚥下了最後一口氣。費德列克．卡森呆滯的看著眼前插在瘋子胸口的刀，從視野掠過的鏡中看見臉上沾了一點血。那抹血紅在卡氏眼中特別鮮明。

驀然間響起雄壯的音樂，四周圍歡聲雷動。只有我和安永更紗坐在位子上，我真實的視野是站在眼前的男人的腰和肩膀，從人們的背或腦袋的縫隙，看得見正前方的聖火，我的視線無法從不斷崩塌變形的火焰轉開。不知為何腦中突然浮現出阿巴斯．阿爾干小便的背影。怎麼了？安永更紗問我，但我無法回答，因為連我自己也不太清楚自己感覺到什麼，只能緩緩的讓思考聚焦般將景象連結起來。

該不會，我想著，該不會我現在遺漏了重要的機會？如果是現在，不對，時間已經過了，所以不是現在，而是剛才，剛才我應該可以挽救阿巴斯．阿爾干的性命吧？因為，那時候，他的死還沒有發生。發生之前，我只要閒晃到兩人衝突的廁所，那就會有完全不同的發展吧？但是，我不太能體認這個現象的意義。不論我做什麼動作，自動升級的完美產品，似乎還是會把我們引導到同樣的結論，好像那才是真正的結論。即使在與費德列克．卡森最後對話的時間點，我應該也會那麼想。現在讓安永更紗握著手，我所想到的是，不管我擺出多酷的樣子，我已經接受那個未來面貌了不是嗎？

我感受著安永更紗手部的觸感，但還是無法不想到她也將融入肉之海的景象。她自己操作完美產品，雖然那個動作她重覆了無數次，但那時的那次與平時的感覺不同，她已經決定不再解開連結，永遠的連結下去，不再回來了。霧雨、紅色的尾燈、紅綠燈的光。不知為何，我突然想起熱愛電影的前女友的車禍。沉入肉之海與死亡，應該是截然不同的事，然而這種時候，我總是莫名的想到死者。

Title〈Conclusion 2020〉

From〈Yozoh, Uchigami〉2020/7/25

To〈Dr. Frederick Carson〉

「但是，為什麼你會知道所有的結論呢？不對，我應該說，為什麼你會這樣自以為是呢？」那時，費德列克・卡森說道。因為「最後對話」是人類之間真正最後進行的對話，所以，我必須更認真的專心於這個場面。

「你一直沒有說話的對象，對吧？」我回答，「我說錯了，其實本來是有的，但是你拒絕了。你的信念似乎是，人類只要一個就夠了。這才是自以為是，不對嗎？」

「我自以為是？不不，我只不過是跟隨對人類而言的『善舉』。我確實把我之下的人全都沉入肉之海了，那也是我好友的遺志，雖然他沒有明確的留下遺言，但是，反正都差不多。人類的未來應該總能走出一條路吧，不過，也許因為我是最強，所以才能變成這樣吧。但容我辯駁一下，哪個人不都認為自己是最強啊？」卡氏懷念著從前有很多人的時代，有許多意見，許多看法，為了實現如同汪洋大海般零散的理想，人們焦急、掙扎的時代，但是，卡氏並沒有特別眷戀。「是啊。明明應該有人可以說服我，不，就算說服不了，也可以仗著人多勢眾，利用法律或暴力逼迫我屈服嘛。但是沒有人能贏過我，我只不過是比任何人都公平、認真的做這件事罷了。嗯，也許就因為如此吧。」

最強人類叫來侍酒師，要他開一瓶新的香檳，徐徐的斟入酒杯。這個房間裡，不只是酒，任何物品都有著無盡的庫存。

在外面的世界，所有人都留下剩餘的用品，不虞匱乏，但是在那些中等物品的圍繞下，日子過得毫無樂趣。而他布置的「房間」，舒適愜意充滿了誘惑力，但是，展露這種弱點也令人惱火。我也叫來侍酒師與卡氏抗衡，同樣讓他倒了一杯香檳。

「請教一下，你似乎認為這種狀況十分理想，這個認知難道沒有錯嗎？」

「是喔——，怎麼說呢，應該說這是眾望所歸吧，因為記憶的骨架這麼告訴我。很抱歉，我只能這麼說了，請多包涵。我也奮鬥了很多年呀，當然你若把我這種狀態當作贖罪的心意也無妨，很多人都認同我這種說法。」

「這明明是最後的對話，卻乏善可陳，你簡直就像失去了自由的意志。但是，贖罪這種說法，應該是你的真心話吧？你從剛才開始就一直談到史丹利．沃克。你記得他，對吧？」

卡氏絲毫沒有退縮，只是單純的注意著我要說什麼，對他來說，已經有五年時間，沒有機會與完美產品之外的人說話了。但是，他對我的到訪，無疑的感到膽戰心驚，這證明了他所做的選擇並不完美。這場對話中，我想試試能不能把卡氏的漏洞都抓出來，雖然，即使能讓他伏首承認，但如果他把我像阿巴斯．阿爾干一樣忘得一乾二淨，那也就沒有意義了。我雖然一面細細思量，但是也早就了解這場交鋒的結論。我後來闡述了友情的珍貴，指責卡氏太虛偽，逼得史丹利．沃克輕率自殺。從此之後，你是不是認為到處散播、百般遊說愛的重要，千方百計的聯絡不完美的人類，一步一步推進才是你本來的志向？而費德列克．卡森反駁，當今這種狀況正是他一步一步穩健推動的結果，史丹利的死的確非常可悲，但即使如此，好友設計的完美產品，成為肉之海，在人類的歷史上留下足跡，所以這一定也是他的心願。話說回來，感覺或情感的主體只不過是個暫時的居所，現在這個狀況，就是盡全力在成就有限的生命，接近目標中的理想世界。不，還不能說這個狀況，還差一步。他說。

「還差一步？」

「是的，等你不在，然後我也不在的話，才算大功告成。當然順序顛倒也沒關係。」

從對話開始已經超過了二十四小時，但是玻璃窗外的灣景依然是夜晚。久違的橫濱之夜也不錯。

Title〈Conclusion 2020〉

From〈Yozoh, Uchigami〉2020/7/25

To〈Dr. Frederick Carson〉

是的，那間橫濱的飯店，是我與安永更紗兩人第一次見面的地方，幾乎沒有體育賽事觀賽經驗的她，在本地奧運會時程接近後，突然成為增加的秒變運動迷之一。吃著晚餐結束後端出的冰沙，她說她想去看現場比賽，於是，我去拜託麻煩病人之一——都政府職員。我知道這算是公器私用，不過他很爽快的幫我準備了足球和田徑預賽的門票。這麼說起來，我們現在就來到主場館看足球比賽。奧運會期中，每次在醫院電梯旁的大廳、共用房間的入口瞄到電視時，總忍不住停下腳步，感嘆地欣賞著還未成為肉之海的人們，鍛練到極限的肉體如何躍動的模樣。現在，真實的比賽也在我的眼前進行，但不知為何，我的腦中卻塞滿了其他的事。

我在思考「最後對話」中費德列克．卡森所說的「奧林匹克方式」，那也是在夢之島射箭比賽場，費德列克．卡森面前有個瀕死之人時腦中浮現的想法。箭射中靶心時的悶擊聲響起，在廁所裡，阿巴斯．阿爾干靠在牆邊氣絕身亡。費德列克．卡森注視著他染紅胸口的血，一心一意思索著「善舉」。

奧林匹克方式是漁業經常使用的詞語，為了保護水產資源，事先決定該地區一年的漁獲量上限，漁夫們可以在達到這個上限之前，自由的競爭捕魚，這就是奧林匹克方式。除此之外，也有採用漁業從事者個別設定上限值的ＩＴＱ方式。如果是用奧林匹克方式的話，每個從事者單年的漁獲量會視個人的努力而有所不同，但是ＩＴＱ方式卻是從一開始就決定個人的上限額。即使兩種方式都將總漁獲量設定為相同數量，採用奧林匹克方式則會出現「快者先贏」的狀態，為了儘快捕得漁獲，漁夫們會連尚未育成的幼魚都捕上來，結果造成魚群個體數銳減。採取ＩＴＱ方式的話，為了增進個別配給的漁獲量金額，只會瞄準充分長大的魚，所以比較容易保護水產資源。

「簡言之，奧林匹克方式已經不可行。這意味著導出成果的能力，超出環境的潛力。」最後對話時，費德列此克·卡森如此做下結論。

「不過，你這指的是漁業吧？」

「不，那只是表現方式不同，本質上還是一樣的。你不是讀過教典那玩意兒嗎？他也寫到了吧？世界的根基有共通的文字、數字、聲音，並以它們為核心，把世界歸納成應有的樣貌，萬事萬物都有志走向成形，『善舉』的創造正是讓那些衝動維持均衡的結果。總之，那也就是肉之海。對了……」

看著窗外的海，把後腦杓對著我的費德列克．卡森，轉過頭看著我，這時，飯店的影像突然崩塌，變成東京奧林匹克競技場，費德列克．卡森不知何時坐到我身邊，握住我的手，就像在進行男子四百公尺跨欄或女子鉛球的會場上，安永更紗對我做的動作一樣。費德列克．卡森的手厚實、粗硬乾燥。會場「嘩」的沸騰起來，我往那兒一看，儘管是預賽，但似乎打破了世界紀錄。

「的確，這個時候，我正在思考奧林匹克方式。」費德列克．卡森說。「關於人或事件，我一概不記得，但是這件事留在記憶的骨架裡喔。」

另一方面，實際的現在：

「內上先生，你看到了嗎？那個，好棒喔。我可能是第一次看到打破世界紀錄耶。」安永更紗這麼說著，同時把我的手握得更緊。她的手指細瘦卻意外有力。

「我也是第一次呢。事實上，這正是奧運會的精華呢。」我向安永更紗莞爾一笑，而同時，在「房間」裡，我聽到費德列克・卡森說：「你認為忘記和記住的標準是什麼？」不對，從時間軸來說，這應該發生在更後期，並不是現在在做的事。現在是在回想。咦，也不對，這也是未來的事，也許是在玩味著已知會發生的事？「你好像在發呆啊？該不會是太感動了？」不，我沉默並非因為感動，而是在思考，思考我所置身的這個狀況，但是，就算我想告訴她事實，也沒法說得清楚吧。我過去一直這樣活著，所以很清楚即使向別人吐露這種感覺，也得不到別人的共鳴。因為我知道過去，也知道未來，所以應該也知道現在的我會如此思考，對我來說，時間只是垂手可得的物理團塊。

「是嗎？所以你真那麼相信嗎？」

費德列克．卡森的聲音讓我回到現實。我又回到了橫濱，費德列克．卡森的臉就在眼前。

「但是，你的信念正確嗎？其實，你並不太能掌握『現在』的概念吧？我有這種感覺。不如說，因此你才會拚命的思考『現在』，雖然我覺得這一點很可愛。是吧，內上用藏先生。」

費德列克．卡森舉手叫來侍酒師，穿著筆挺白襯衫，向我們展示標籤的年輕人，他的微笑在我看來有點天真無邪。費德列克．卡森在同一個地方看到的是個穿著燕尾服的六十多歲老人。「啵啵啵啵」透明的液體在酒杯裡一面發出愉悅的聲音，升起泡沫。隨著杯中香檳慢慢升高，一個疑問掠過我的腦海。你真的那麼相信嗎？費德列克．卡森說。

但是，為什麼卡氏能讀取我未曾說出口的想法呢？

「何必驚訝？這個場面你不是也在郵件中寫出來了？而既然我看過了

郵件，就沒有什麼好驚奇的吧。現在我這麼說話，也只是照著你信上寫的內容說罷了。但是，如果你並沒有那麼想的話，這到底是怎麼回事？如果你會驚訝的話，說不定，你在思考的東西是錯的，若是如此，包含我在說話的『這個』究竟是什麼？」

這個？

「如果你無視時間軸發送郵件給我，我看了它，進而能說出無視時間軸的這段話，這就產生了矛盾。如果發生了違反因果定律的狀況，它的答案只有一個。也就是說，」費德列克．卡森喝了口香檳潤喉。然後前傾身子，鼻尖幾乎快頂到般注視著我的眼睛，灰色的眼珠裡映出了我。「也就是說，這並不是現實。而且你故意忘了這回事，並且加以限制，不須認知圍繞結論的某個事實，以便一一檢查，慶幸哪個部分沒有滿足。你認為『這個』有可能是現實嗎？等等，不過這個說法並不正確。並非不是現實，也許應該說並不是單純（plain）的現實。不是單純的現實，當然也不是假想現實，而我們待在超越它們的地方。換言之，我們站在超越真實主義的世界，而你，與其叫做最終結論，其實是行星，我則是最強人類。」

拜託，我不知道你在說什麼。我這麼一說，費德列克．卡森突然從鼻子哼了口氣，笑了。

「說白了就是，根本不可能有這種郵件，混帳。」

說完，他再次叫來侍酒師，點了杯香檳。「好吧，今天就到這裡了。不過，不管怎麼樣，你已經是肉之海了。」下一秒鐘，橫濱的影像又崩塌了，還沒來得及發現太陽之前，刺眼的光已令瞳孔緊縮，從這反應，我知道來到了郊外。我們似乎站在巨大的岩山上，只有餐桌還是橫濱飯店的那一張，證明這裡是費德列克．卡森創造的「房間」之一。我走到岩山的邊緣往下張望，山岩的狹縫間有河水流過，風兒吹起，灰塵蒙蔽了視野，河水幾乎沒在動，其中點綴著微小的綠意，可能是苔蘚或是藍藻類在繁殖，吸收了陽光，但反射很微弱。總之，那就是肉之海。我的視野前方有化為廢墟的都市，那些凝膠狀的東西黏連著，填補了腐敗的大樓群，都市與肉互相纏黏。

「人類終極的目標就是那個樣子，而且那是完成品。很棒吧。」

「肉之海？」

「是的，也就是你呀。」

「我？」

「是的，而且也是我。」

「為什麼我們是肉之海？」

「這個嘛……，仔細聽喔，我現在說的話，是你曾經忘記的事，不對，是你現正努力想忘掉的事。」費德列克．卡森微微瞇起眼睛，津津有味的看著我的反應。「聽著，你啊，是夢見肉之海的代表人格呀。總之，就是那塊噁心肉塊的思考本身。而且，在永恆安定之後，你開始想，能不能從別的角度得出結論？因為一個結論已經出來，再也不想更動它了，所以你——乾脆說白了吧，人類決定再一次回到個體，你現在想努力忘掉的就是這件事。也就是說，你是人類做夢的代表人格，你現在，正試圖從沉淪在肉之海的人類記憶中，重新建構『人』的概念。失去的個體是什麼？壽命啦、他人、時間又是什麼？你感覺看不透的那些人類，你叫他們透明人嗎？但是，以前人類還單純（plain）的時候，對自己之外的其他人都是這種感覺。你於是一一的驗證，想從肉之海回復到一個個體。生命的神祕、自然科學上的事實、藝術的精髓、愛的真諦，剛才我們兩人談論的所有定理，全部都保管在我這裡，所以你可以放心的沒入個體中，所有人都成為透明人，成為原始意義的個體。有段時間，得出的結論是『飄浮於虛空的肉之海』，不過如果你能導出超越它的結論，隨時都可以使用存在我這裡的真實，分解肉之海，重新構成理想的實體。所以，你不用急，不論多少次，慢慢來就可以了。你只要沉入『個體』和『現在』就行了。」

費德列克．卡森說著真心話。所有稱得上人類的人全都成為肉之海，而我是最後的人類。他真心的相信，已成為行星本身的我，現在為了驗證人類走過的道路，正努力回復成個體。如果這信念正確的話，則卡氏其實並不存在，他只是為了我而形成的假想引導者。但是卡氏的認知根本錯了，稍早讀完我寫的這些郵件後，卡氏只堅信其中有利的部分，將它納入記憶的骨架中，然後把其他記憶清除掉，以保有最強性。這是他為了壓制我，至少為了保持狀況的公平，高速運轉腦袋的結果。

雖然我已有如此深入的認知，但他用充滿自信的眼神強有力的向我點點頭，並且開始遊說我：「以前的我早就沉溺在肉之海了，現在說話的我，只是你這個行星製造出的幻象罷了。好了，快回來吧，當你滿懷信心再次連上肉之海時，『善舉』就完成了。不論是透明人，時間的感覺都回歸正統的原形，反覆的重新再做一次就行了。直到有一天，你想出別的結論。」

「來吧。」卡氏招手的前方，橫濱的影像出現了裂縫。

Title〈Conclusion 2020〉

From〈Yozoh, Uchigami〉2020/7/25

To〈Dr. Frederick Carson〉

費德列克・卡森夢想著把我沉入肉之海的情景，夢想著自己最後也進入肉之海，完成「善舉」之後的情景。他從上空看著摻著綠色的凝膠狀人類緊貼在地球表面的景象。它與海接觸，看起來邊緣混雜著，但是，一邊是生命，一邊幾乎全是水和鹽。他的視野漸漸上升，看見大陸的形狀，遙望得到地球背後的虛空。豆粒大的行星圍繞著太陽，散置在太空中，位於視野正中央的地球果然非常的藍。行星上驀地彈起火焰，它緩緩的呈圓形擴散，就像是誓約的戒指。卡氏想，那一定是很久以前擁有喝采威力的炸彈。但是，並不是，它是煙火，就如同許多節慶，隨著煙火展開，也隨著煙火結束。而且，沒錯，真實的現在，我就坐在東京奧運的會場，跑道上繼續進行田徑比賽的預賽。看臺上坐滿了人，觀眾有一半以上是日本人，但外國人也很多。接受招待，從內戰頻仍的衝突區前來的外國孩子，對眼前發生的景象充滿困惑和不解，也搞不清楚自己在想些什麼。這個孩子的父親，在男性自我英雄主義與自卑殘渣交織的狀態下，被集團的領袖洗腦，言聽計從的拿起槍，一再戰鬥後陣亡；母親則在距離現在孩子所在一萬兩千公里遠的地方，天天忍受著飢餓。剛剛結束的四百公尺跨欄賽，他們國家的選手在第二次預賽時落敗，現在肩上披著毛巾，在休息室裡發呆。孩子身旁是我的麻煩病人之一——都政府職員，每次有日本選手出賽時，他都由衷的為他們加油，但是，亞洲人贏不了田徑比賽，當然，日本選手團不會因此就氣餒，身為選手，目標當然是克服人種造成的體格差距獲勝。而且他們認為，即使贏不了，至少努力的面對挑戰也是一種崇高的行為。而許多選手認為這也是與自己的戰鬥，撇開國籍人種，對幾乎所有的選手而言，他必須超越的是昨天的自己，這種想法凝聚成改寫紀錄的衝動——哪怕一點點都好。但對走下坡的選手而言，應該對戰的對手不是過去的自己，而就是自己，或是自己身處的狀況。他們所有的意識都集中在如今的狀況下，自己究竟怎麼做才能發揮最好的表現。我明白不只是這個場次，在無數多的場面，這個意志都在發生，也知道即使在奧運的會期中，也會發生無數次。與發現肉之海結論有關的種種真實過程中，也有這樣的事例，而每一幕無關好壞都令人激動。從結論來說，是奧運讚揚的某種美善累積，不久後將我們帶向肉之海。

「對了對了對了，就是它，就是它。」費德列克．卡森按捺不住沉默，喀嗒喀嗒搖晃著腿叫嚷著。無話可說的我們開始比賽忍耐沉默之後，經過了很長的時間，最後的對話中，為求公平競爭，放棄消除記憶的費德列克．卡森，一腳踏進原本要策動我進入的裂縫，轉過身來，然後快速的說：「結果是相同的呀，不管是你先走，還是我先走。所以，我先進去，你隨後跟來吧，這樣就行了。」接著便消失在裂縫的盡頭，只剩下中央裂開的橫濱影像。

但是，這樣一來就不清楚輸贏了。總之，如卡氏所說，我就是行星嗎？還是最強人類費德列克・卡森本想贏我，最後卻輸了？沒有可以解答的線索，我只能呆望著裂縫良久。過了一會兒，我終於想到，也許線索就在我與「一般性」乖離的部分吧？例如，卡氏消失前所指出的，我眼中的透明人，對其他人來說，只是一般的「他人」。這一點我並非不知道，同樣的例子好像還有時間的感覺方法。很可能用這種方式得出所有結論，把只會木然望著空蕩裂縫的世界，與「現在」列為同等地位來玩味，是種非比尋常的方式。不如說，我其實並不清楚真正「現在」的感覺，只不過依樣畫葫蘆的把流經我的多條時間之一，定為「現在」。在時間軸上比這個暫定「現在」時間之後的叫做「未來」，之前的叫做過去。而我並不能清楚區別。例如，也許一般來說，「現在」不同於過去，可以選擇要做什麼。但是我選出的「現在」，只不過是便宜行事的事，我不認為看待現在的方式，與過去或未來不同。我試著進入費德列克．卡森沉入肉之海那一刻的意識，在他進入裂縫前抓住了他的手。「找我還有什麼事？」他說。「話還沒說完呢。」我回答。他滿意的點點頭，再次坐回椅子——但是，過了一會兒，還是在類似的對答之後，卡氏跳進了空無的裂縫中。其他像是在史丹利．沃克被迫自殺之前，我飛到美國，讓他不致罹患憂鬱症，或是儘管我想沒什麼影響，但仍試圖讓公爵少爺時代交往的、熱愛電影的女友避開車禍，或試著在阿巴斯．阿爾干與費德列克．卡森在廁所相遇前，阻止其中一人，避開互相傷害。做了各式各樣的嘗試，結論還是都沒變。二〇二〇年那個時刻，不論我在東京，在伊斯坦堡，隔壁坐的是安永更紗，或是病房裡的護士，又或是獨處，即使如此，結論本身並不會改變。當然，最後對話的對象，也可能不是費德列克．卡森，但最後還是會發生類似的事。

事物雖然有千變萬化的面貌，不管怎麼改變，我都有相當大的機率到二〇二〇年的奧運會上觀賽。有一次，我得到的票是男子一百公尺決賽。在黑市買的話，絕對不低於十萬圓的超熱門入場券。

在預賽中勝出、擁有如藝術品般肉體的人們，存在的機率彷彿一吹就散般飄渺，但確有可能存在，他們以蹲踞的起跑姿勢，等待槍聲。

只要槍聲一響，就是這個行星上跑得最快的人。

藍小說 317

太陽・行星（太陽・惑星）

作　者——上田岳弘
譯　者——陳嫻若
主　編——羅珊珊
責任編輯——蔡佩錦
校　對——蔡榮吉　蔡佩錦
內頁排版——新鑫電腦排版工作室
封面設計——吳佳璘
行銷企劃——吳儒芳

總 編 輯——龔橞甄
董 事 長——趙政岷
出 版 者——時報文化出版企業股份有限公司
108019台北市萬華區和平西路三段二四〇號四樓
發行專線——（〇二）二三〇六—六八四二
讀者服務專線——〇八〇〇—二三一—七〇五
（〇二）二三〇四—七一〇三
讀者服務傳真——（〇二）二三〇四—六八五八
郵撥——一九三四四七二四時報文化出版公司
信箱——10899臺北華江橋郵局第九九信箱

時報悅讀網——http://www.readingtimes.com.tw
思潮線臉書——https://www.facebook.com/trendage
法律顧問——理律法律事務所　陳長文律師、李念祖律師
印　刷——勁達印刷有限公司
初版一刷——二〇二一年十二月三日
定　價——新臺幣四〇〇元
（缺頁或破損的書，請寄回更換）

時報文化出版公司成立於一九七五年，
並於一九九九年股票上櫃公開發行，於二〇〇八年脫離中時集團非屬旺中，
以「尊重智慧與創意的文化事業」為信念。

太陽・行星（太陽・惑星）/ 上田岳弘 著；陳嫻若 譯.
-- 初版. -- 臺北市：時報文化出版企業股份有限公司, 2021.12
304面；14.8x21公分. --（藍小說；317）
譯自：太陽・惑星
ISBN 978-957-13-9540-1（平裝）

861.57　　　　1100016236

TAIYOU・WAKUSEI by Takahiro Ueda
Copyright © Takahiro Ueda 2014
All rights reserved
Original Japanese edition published in 2014 by SHINCHOSHA Publishing Co., Ltd.
Complex Chinese Character translation copyright © 2021 by China Times Publishing Company
Complex Chinese translation rights arranged with SHINCHOSHA Publishing Co., Ltd. through
Future View Technology Ltd.

ISBN 978-957-13-9540-1
Printed in Taiwan